Corinne Diakhoumpa
Erwan Iev-Le Tac

THERMIDOR 229

Entropiques Parisien·ne·s

Ce livre a été publié sur www.bookelis.com

ISBN 979-10-359-5229-7
thermidor229.fr

"To me, what is typically french is precisely the combination of the ability to fantasize — and to enjoy so many things in life — with a very clear mathematical spirit."

Daniel Barenboim

(Entre quatre-z-Yeux, EuroArts)

"To him France signified the cradle of liberty, the French Revolution the symbol of all that the world had of social idealism. [...] France was very short of the glory my great teacher had invested her with [...]"

Emma Goldmann

(Living My life, Alfred A. Knopf, Inc)

Paris

À mes filles.

Voilà l'automne, meilleurs vœux et bonne santé ! Après des mois durant lesquels la réfrigération urbaine a tourné à plein régime, des spectres hagards ont peu à peu quitté les abris thermiques afin de respirer à la lumière du jour la fraîcheur irritante d'une atmosphère azotée.

Que c'est bon de pouvoir déambuler dans la ville en dessous de trois cents degrés Kelvin ! Le long de la plus belle avenue débitumée du monde, de majestueux palmiers diffusent des mélodies artificielles, enregistrées autrefois par nos meilleur·e·s ornithologues.

Sur la place de la concorde, deux chamelières se querellent pour quelque infraction routière dérisoire. Ah ! Si l'obélisque de Louxor et la pyramide du Louvre ont de nos jours perdu leur exotisme, le caractère des habitant·e·s n'a quant à lui pas changé !

À l'intérieur de la fontaine asséchée, un citoyen tellurique gît en chien de fusil. Autour de lui s'agitent les couleurs vives de minuscules lépidoptères municipaux – merveilleux drones d'agrément et de surveillance. Seul le regard sévère des statues maritimes semble prêter attention à ce tableau pathétique et déshydraté.

Dans le jardin des Tuileries, à l'ombre des pins parasol, des rires étouffés fusent sous les masques à particules de deux jeunes femmes en cotonnades légères. À quelques pas, leur fille affronte d'autres enfants uniques au jeu de la course téléguidée. Sur le circuit octogonal, virevoltent les panneaux photovoltaïques des bolides miniatures.

Au loin, une embarcation oblongue glisse lentement sur l'épaisse pollution fluviale avant de s'évanouir derrière le pont des Arts. Les touristes agglutiné·e·s au bastingage s'extasient en mille dialectes fabuleux devant la splendeur architecturale. Leurs daguerréotypes embarqués inondent la capitale de crépitements numériques. Profitez-en avant les crues de pluviôse !

Tout l'après-midi notre étoile arrose l'axe historique, festivement prolongé au IIe siècle jusqu'en terre d'Agnesi. Allongée au fond de la verte inclinaison riemannienne j'oriente *Cien años de soledad* de façon à garder le dos tourné à l'éblouissante exilée de la dictature néo-mussolinienne.

Un photographe me tire brusquement de cette rêverie héliotropique afin que je consente à immortaliser ce moment hunnique. Lecture et droit à l'image : deux grand·e·s nostalgiques ! Enfin, les Buendía poursuivent leurs aventures jusqu'à ce que le rose crépuscule s'abatte sur leur famille et la tour Eiffel.

Comment imaginer que dans ce cadre féerique eut lieu la journée insurrectionnelle qui marqua l'éviction de la monarchie et la proclamation de notre ère ?

Une sortie du nucléaire moins tardive aurait certes pu éviter la catastrophe de brumaire. Mais hormis ce fâcheux incident, les Français·e·s ont généralement su être prévoyant·e·s et toujours décider du meilleur pour les générations futures.

Aphones

Terre de tromperie

Sans défense contre les braconniers
Les fantômes à l'oubli renié
Hanteront les cimetières d'ivoire.

Eau poisseuse

Mais face à l'écueil supra-marin, qui ferait le poids ?
Son immortel plancton sabordent branchies et droits !

Bourde dans l'air

Ô Anchaing butineur sans alphabet,
Y a-t-il pour nous un autre sort ?
Disséminer la vie… Recevoir la mort !

Feu le vol

Nous annoncions vos printemps,
Vous annoncez notre automne
En instituant l'éternel été.
Nous irons dès lors migrer vers
La géhenne de l'hiver.

CREDO ÉGARÉ[1]

À Hélène Grimaud.

L'ado admire ce cadre adoré.
La gaffe ? Gare à la cage dorée !
La glace agrégée à la balafre cède...
Gère frère ! Gère amie !
Cèdre effacé a frémi,
Gélada désolé a gémi,
Grèbe à bec agacé a migré,
Labre cabré décéda.
L'ado a admiré la façade,
La baffe la dégela.
La cage aérée ? Fade gage agréé !
Délabré sol si glabre ?
L'âcre dégagé l'accabla !
Affre greffée à la face effarée...

---

1 Conserver uniquement les lettres du texte, extraire les noms de notes en français, puis traduire ce qui reste avec la notation anglaise e.g. « solfège abrégé » devient « SOL FA MI SOL MI LA SI RE SOL MI ».

Sempre legato ma senza accelerare il riscaldamento globale (♩ ≈ 229/3)

Con il suo futuro rubato
Schizophréniquement
cresc.
Se révolter peu à peu
(cresc.)
En retenant son souffle

Transitions

Cooler

Année caniculaire,
Orange incandescent,
Thermidor CCXXIX, Décimal 229,
Hexadécimal E5, Color #0E5, Vert clair,
Année écologique

Singer

Se taire et pourtant saccager
S'atterrer pour les engagé·e·s
S'enterrer pour les sangs rongés
S'en tirer pour les « sans loger »
Se tirer pour l'astre en « *oh jay* »
Se terrer pour l'grand horloger
S'en taper pour l'orgiaque âgé·e
Sans tarder pour le GIEC 4G
S'entraider pour les ravagé·e·s
S'atteler à tout arranger

Scandaison

À Irène Frachon.

Trafiquant·e·s libre-échangistes ! Un sportif international médaillé vaut-il une cheffe régionale étoilée ?

Dites-moi, titan·ide·s de l'agro-industrie, croyez-vous être blanchi·e·s de tout soupçon cancérigène ?

Et vous, adeptes de l'hyperboloïde, que soit potable votre brillante solution contre le réchauffement ?

Quant à vous, agences polymères, pourquoi dégrader la note du poisson après avoir déjà retiré son triple S ?

Orpailleuses, orpailleurs ! Cessez de piller vénalement l'or roturier pour en faire une boue rutilante !

Je m'adresse enfin à vous, laborantin·e·s malsain·e·s : vos régimes d'arrache-cœurs sont à couper le souffle !

Hélas ! Combien de temps faudra-t-il encore que j'écrive aux scandales ?

Oraison

À Audrey Dussutour.

Nous implorons ta miséricorde Myxos, être immortel qui connut apogée et décadence des Sauropsidien·ne·s, être à l'expansion infinie qui englobe tout de son éther jaune ! Résurrection de Jouvence, lévitation marine, multiplication physique… Combien d'accomplissements miraculeux t'attribue-t-on ? Pauvres de nous, tristes pantins cérébraux dépourvus de tes incroyables pouvoirs fusionnels ou télépathiques ! Ô toi le plus méticuleux des nutritionnistes, accorde le salut à ces misérables violant tes interdits alimentaires ! Génie sans borne, prends pitié de nos ingénieur·e·s civil·e·s qui tentent en vain d'égaler ton art ferroviaire ! Par ton amour infini, pardonne aux mécréant·e·s rejetant un troisième genre, quand tu en dénombres au moins 229 fois plus… Vorace seigneur des ténèbres, accepte cette offrande pour témoignage de notre indéfectible dévotion ! *Te Polycephalum laudamus !*

Archées

Incarcérées dans un inextricable mutisme métaphysique ! Elles se concevaient hier encore en tant que solitaire enfantement supérieur des déités planétaires. Voilà que de récentes fouilles archéologiques les faisaient brusquement basculer dans les abîmes d'une vexation sensationnelle. Une construction en phosphate de calcium de près de deux mètres d'envergure dont la faible entropie architecturale ne pouvait être fortuite. La carcasse difforme d'un quadrupède à la capacité crânienne incomparable ! Deux griffes opposables aux pattes avants esquissant une préhension qu'elles n'avaient jusqu'ici rencontrée chez aucune autre espèce vivante, même celles dites « évoluées ». Une impressionnante mâchoire aux trente-deux crocs qui aurait d'un claquement broyé les abris blindés conçus par les plus talentueuses ingénieures. Si certaines s'arc-boutèrent sur d'obsolètes mythologies, la découverte de résidus désoxyribonucléiques paracheva l'annihilation des fortifications intellectuelles…

Les datations radiométriques des fossiles apportèrent un encombrant codicille aux Testaments créationnistes. Elles avaient un lien de parenté avec ces monstruosités ancestrales défiant l'entendement archéen ! La question de cette extinction diluvienne préoccupa grandement les chercheuses. Le spécimen ayant été divulgué par l'émanation de rayonnements ionisants, on avança l'hypothèse d'une énergie thermonucléaire bellicivile non maîtrisée qui aurait conduit à des catastrophes mutagènes. Épilogue inéluctablement létal ! L'analyse chimique de l'atmosphère d'antan délivra un pourcentage insignifiant de dioxyde de carbone par rapport à la composition actuelle, couplé à un intriguant excès de dioxygène. Ironiquement, ces organismes païens auraient pu s'estomper à la suite de changements environnementaux causés par leurs propres activités industrielles : accroissement de la rétention thermique terrestre ou appareil respiratoire inadapté à l'air moderne. Des conclusions scientifiques aussitôt reprises à leur compte par les cassandres écologistes de la civilisation archéenne…

Humanités

À Marylène Patou-Mathis.

Le doyen de plumes paré agonise dans la hutte d'os de mammouth. Ses proches veillent près de la litière médicinale tandis que se poursuit la vie au campement...

Assises en cercle et en tailleur, des artisanes moustériennes débitent le silex en fredonnant des airs paléolithiques. Les bourrelets sus-orbitaires froncés, elles sculptent patiemment une panoplie d'outillages lithiques : racloirs, hachereaux, denticulés, bifaces...

Un jeune rouquin au pied gauche amputé prépare maladroitement une fourrure de pika des steppes. Sous sa mandibule crispée, d'acérées serres de gypaète se balancent en collier au rythme du grattoir de pierre.

Dans le demi-jour de graisse incandescente, des couples pariétaux empreignent un amour d'ocre et de manganèse. Libérés de toute entrave, les quartets de mains folâtres planent à travers le ciel rupestre.

À l'intérieur de la vallée éclate une joie de rabattage. De retour des avens, *Bisonne Tatouée* a par hasard entendu le brame de désarroi d'un mégacéros enlisé au milieu du marécage. On ramène l'imposant cervidé !

Après cinq lunes au clan sapiens, une visage-plat en gestation hybride arrive avec son sigisbée hirsute. Aussitôt l'olifant d'aurochs résonne pour rameuter la bonne nouvelle. Les gamin·e·s de la tribu accourent.

On célèbre les retrouvailles autour d'un grand feu où brûlent parole et festin. Mais le sujet controversé du refroidissement climatique est tout à coup abordé.

— Le gibier manque. Nous n'aurons pas toujours autant de chance qu'aujourd'hui. Il faut lever le camp et suivre la faune vers des régions plus clémentes !
— Mais je suis trop faible pour une longue migration, pourquoi ne pas attendre l'accouchement ? Je puis vous enseigner les innovations cynégétiques des nôtres afin d'améliorer vos rendements.
— Grace aux propulseurs, les mâchoires-pointues atteignent leurs cibles à plus de cent pieds de distance...

— Je n'aime pas les lances et m'oppose à tout progrès qui nous mettrait au-dessus des autres animaux.

— La prochaine étape sera d'élever canes et sangliers pour les abattre adultes, sans effort ni empathie !

— On prétend qu'elles dressent à la traque de proies les portées inhumainement arrachées aux louves.

— D'ailleurs c'est ce qu'il a fait en ramenant leur femelle en sursis et son bâtard maudit !

— Comment oses-tu nous offenser de la sorte ?

— Tu sais bien qu'aucune femme de Cro-Magnon n'a survécu après avoir enfanté un métis vagissant !

— Moi je dis que ce bébé apportera le malheur et empêche déjà de quitter ce lieu où rôde la famine ! La sournoise nuée de corvidés alentour va croissante...

— Dois-je comprendre que vous nous abandonnez et rompez avec la tradition immémoriale de solidarité ?

La matrone interrompt l'escalade verbale en arguant du deuil imminent. Le repas s'achève en silence dans la caverne stellaire. Dès l'aurore, nos cousin·e·s aux faciès prognathes honoreront la mémoire du défunt par un rituel d'anthropophagie funéraire.

TISSERANDE[2]

À Ada Lovelace.

```
(x, y) =>
    (y - Numerateur(B[2*(x+1)])) % (2*L+1) ?
    (y % (2*L+1) ? Blanc : Gris) : Noir;
```

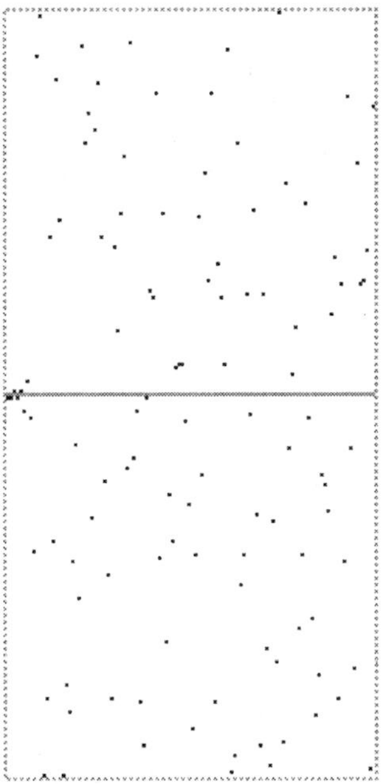

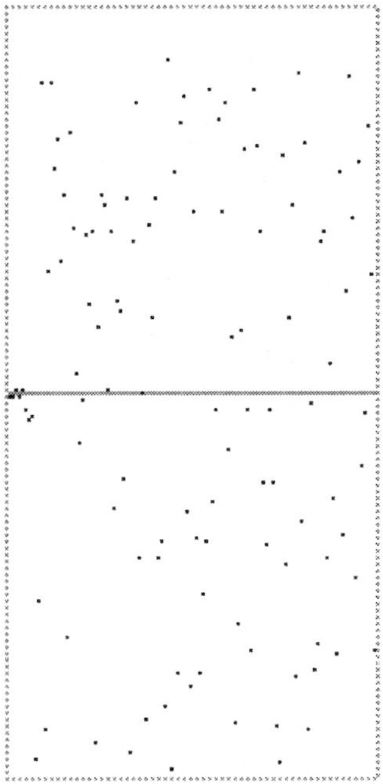

2 Choisir le motif d'étoffe préféré (L=114 ou L=116).

Gaulois

Les témoignages des civilisations contemporaines à nos barbares « ancêtres » suggèrent une culture celtique en totale opposition avec les légendes propagées des siècles durant depuis les terres d'Abraham.

L'animisme des cosmogonies gauloises apparaît aujourd'hui incompatible avec les religions prétendument révélées. Les druide·sse·s paganistes usaient jadis de puissants onguents pour traiter efficacement les infections causées par de prosélytiques morsures lupines.

À l'instar des Nambikwaras d'Amazonie et des citoyen·ne·s helléniques, les relations condamnées du Lévitique n'étaient considérées ni un vice, ni une pathologie. Elles auraient au contraire été couramment pratiquées chez les barde·sse·s afin de magnifier leur poésie, au même titre que les transes divinatoires.

Cette population friande d'astéracées psychotropes ne semble jamais s'être accoutumée au mode de vie sédentaire, tel qu'en attestent les relevés archéologiques sur les sites de Londinium et d'Aduatuca.

En l'état actuel des connaissances, on estime que ces périples pédestres à travers diverses contrées celtiques auraient à la fois forgé un imaginaire profane et contribué au développement de facultés mystiques, qui se seraient épanouies lors d'une ultime villégiature dans l'ésotérisme lyrique.

Malgré les difficultés inhérentes à l'étude d'écrits fragmentaires – les protégé·e·s de Grannos privilégiant la transmission orale – les historien·ne·s s'accordent sur la rupture définitive avec la glyptique, concomitant au brusque abandon des fermes mégalithiques.

Ce renoncement est assurément postérieur aux désillusions politiques qui suivirent la tristement célèbre hécatombe de Lutèce, bien qu'aucun lien de causalité n'a pu être établi avec certitude à ce jour.

Les descendant·e·s de ces nomades se seraient par la suite dispersé·e·s sur une zone géographique s'étendant des nomes d'Égypte antique jusqu'aux royaumes de la corne de l'Afrique. L'analyse sédimentaire indique même une présence temporaire sur d'anciens sites volcaniques yéménites.

Selon les anthropologues, ces aèdes repenti·e·s auraient approfondi leur tropisme oriental, assimilé les traditions locales et étudié l'exégèse islamique, acquérant une maîtrise suffisante de l'Arabe – voire de dialectes régionaux – pour commercer avec les autochtones.

Certain·e·s vont même jusqu'à avancer l'hypothèse – qui ne fait toutefois pas consensus au sein de la communauté scientifique – de vente de matériel militaire au profit de troupes insurgées contre les puissances européennes colonialistes.

Si celle-ci n'est pas infirmée, il s'agirait d'un remarquable retour de bâton pour les idiot·e·s sanguinaires ayant autrefois mené les grandes invasions !

INVERSIONS[3]

Les miens n'assurent ces paroles, poète.

Laurence ment : ta langue les fête !

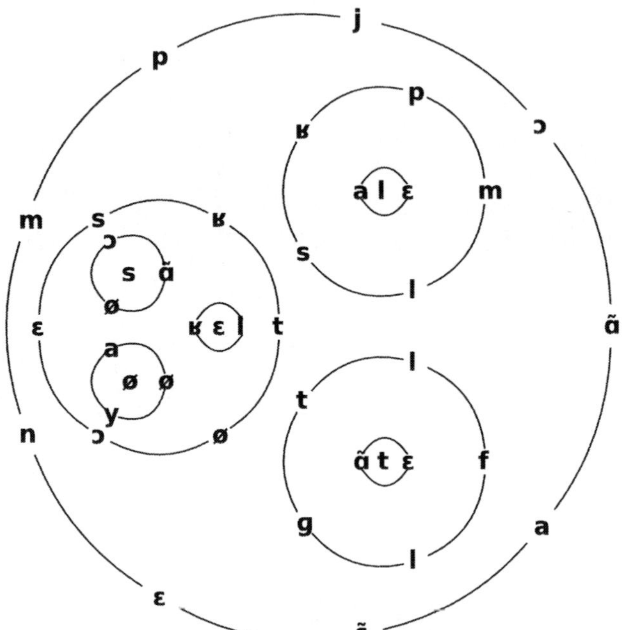

3 Les phonèmes isolés restent inchangés, les autres sont remplacés par leur successeur dans le sens des aiguilles d'une montre. Trouver la permutation !

Conversion

préliminaire du défilé thérapeutique
mécanique lubrifiée qui rien n'érige
des vigoureux torses qui pénètrent ithyphalliques
l'intempestive électrode qui fustige
la doctorale verge du presbytère à la main
la cène des arpégées actrices callipyges
le jus d'aphrodite la caresse des saints
les trop ceintes icônes en boucle qui affligent

mais le calvaire s'achève
demain j'irai baiser
les séraphiques androgynes
rejoindre Marie mère de Dieu
qui porta en son sein notre Seigneur
Jésus au svelte corps nu sur sa croix
séduisant Christ qui souffrit sa passion
sans jamais cesser d'aimer les hommes
demain attendez-moi
ecce homo

Phalanstère

Fitna

Quand je quittai l'acharnement de la France et ses lois iniques, la police n'épiait pas encore les chafouins zéphyrs glissant vers le Cham. L'intermédiaire avait été dithyrambique : les femmes libérées du supplice laïc pourront vivre dans une pureté hyaline, enveloppée par l'étreinte protectrice d'une nuit opaque. Le dīn sous sa forme primitive sera suivie de façon drastique sans être bafouée par le torrent d'insultes transgressives qui émanent de ces fétides droits « universels ». Certes, il y avait la guerre mais n'était-il pas le devoir de chaque frère de combattre au côté d'Isa ibn Maryam lorsqu'il descendra du minaret blanc ? Malheureusement l'accueil syrien atteignit le zéro absolu. Une charia en décrépitude flottait dans les faubourgs d'Alep, où cent yeux s'obnubilaient de mon fort taux mélanique. Même nos compagnons maghrébins s'empêtraient dans le fantasque dialecte levantin. La suspicion envers les mouhajirin était à son comble, au pire des émissaires de la république au mieux de simples oummanitaires. On nous refusait les jeunes houris escomptées. Moi qui m'étais depuis des lustres détourné de l'ineptie des imams tricolores, j'étais contraint de prêter une allégeance éclair à un émir inconnu ! Le bouillonnement de la discorde contrastait avec nos manques d'approvisionnement énergétique. Dépité, je retournai alors subrepticement côtoyer les kouffars...

HIJRA

Le califat est proclamé ! À seize ans à peine, toute émoustillée par l'idée de marcher dans les pas de Nusayba Bint Ka'ab, je fuis l'autorité parentale pour m'envoler vers Dawla. Sur place, je séjourne avec d'autres sœurs dans le maaqar, jusqu'à ce qu'on me trouve un mari. Il ne me plaît pas, on me rétorque qu'il faut absolument un mahram avant qu'on nous installe à Raqqa. Il ne m'attire pas, mais il faut s'offrir à celui qui verse son sang pour le djihad. Peu importe ! Confinées dans les villas insalubres des zones pacifiées, seules de rares et lointaines déflagrations me rappellent sa présence au front. Ici, on vaque à nos occupations, on élève les ashbals. Toutefois, l'ennui recouvre peu à peu la routine ancillaire que les houdouds lithiques ou les échines lacérées ne savent plus égayer. Écoutez, je suis plus courageuse que certains frères... Pourquoi m'interdit-on d'affronter les ennemi·e·s de l'islam ? Combien de temps resterai-je piégée dans la monotonie de cette morne inexistence ? Qu'on me laisse rejoindre la hiératique cohorte des istichhadi !

Madaniyyin

Avec la complicité des dirigeants de Daech, les immigré·e·s français·e·s ont colonisé le quartier d'al-Thakana et instauré le salafisme. Depuis lors, le prix des denrées et du mazout est parti en flèche. Évidemment, on ne peut refuser leur aumône condescendante sans risque de représailles. Mais ne nous leurrons pas : de tafahum il n'est point ! C'est l'exception culturelle française et l'instauration de la Terreur ! La méritocratie opère par sélection des plus fourbes délinquants, des plus hargneux psychopathes, des plus zélotes idéologues. Serrons les dents face au couperet de cette katiba occidentale avant les jours meilleurs, Inch'Allah.

Iconoclaste

En proie à une grande agitation, un intégriste ottoman accourt chez Nasreddin, glissant impudemment sous son nez un journal satirique :

— Dites-moi, que pensez-vous de ces caricatures ?

Le mollah observe attentivement les intrigantes images d'hommes barbus avant de répondre avec circonspection :

— Cela ne me semble pas justifier un tel emportement, mais peut-être fais-tu référence aux hadiths, selon lesquels vouloir imiter l'œuvre d'Allah est faire preuve d'une certaine immodestie. « Qui fait une effigie sera chargé, le jour de la Résurrection, de lui insuffler une âme. »

Insatisfait par cette réaction modérée, le rustre ahmaq pousse alors un hurlement épileptique, clamant que wallah il va estourbir tous ceux qui osent insulter le prophète !

L'érudit toujours prudent face à cet amphigouri, tente de raisonner son jeune coreligionnaire :

— Je ne puis expliquer les raisons de ton indignation, mais il est de mon devoir de te rappeler que l'islam interdit formellement le crime d'homicide. « Quiconque tue intentionnellement un croyant, sa rétribution sera l'enfer, il y demeurera éternellement, et Dieu le frappe de sa colère, le maudit et il aura un châtiment énorme. »

Le pathétique suiveur des ghoulats réplique insolemment :

— Mais ce sont des mécréants ! Et moi je vois clairement Muhammad sur ces dessins infects !

Outré par ce qu'il vient d'entendre, le maître tente de conserver son calme avant de mettre fin à l'entretien :

— Mon frère, souviens-toi que le Coran dit « ne vous tuez pas vous-mêmes ». Je te pardonne blasphème et parjure. Repends-toi et Allah t'accordera sa miséricorde. Et maintenant va en paix.

HATIF

À Jacqueline Chabbi

TRANSMISSION

Bagdad, Dhu Al-Qaada, an 229.

[...] Tout message consiste en une suite finie de symboles tirés d'un alphabet : un texte écrit avec les lettres de l'Abjadia, un nombre en chiffres indiens, une mélodie selon l'échelle maqām, un rythme construit sur les durées décrites dans un traité antérieur[4] [...] Répéter le contenu d'un message est une solution coûteuse contre d'éventuels effacements et inefficace face aux altérations. Il vaut mieux prolonger la courbe dessinée en pointillé par les symboles — disposés de droite à gauche selon leur position dans le message, et de bas en haut suivant l'ordre lexicographique. Considérons à titre d'exemple un message de deux lettres prolongé

4 Probablement *Le livre sur l'algèbre musicale*, pour lequel on dispose d'une traduction latine parcellaire. Cf. l'entropique *Cor d'harmonie* qui s'en inspire.

rectilignement par deux caractères supplémentaires. L'apparition d'une erreur sur un des quatre symboles est détectable et rectifiable par un critère d'alignement.

[...] la parabole traçant « جمل » descend *a priori* ensuite en dessous de l'alif mais ce type d'interprétation géométrique correspond à de purs calculs numériques. Il nous suffit de trouver un alphabet assez large, où s'appliquent les méthodes algébriques d'Al-Khwārizmī... C'est ici qu'interviennent les durées musicales mentionnées plus haut et leurs remarquables lois internes. Suivant ce paradigme, notre parabole devient un polynôme quadratique de coefficients « croche double-croche », « noire », « blanche croche ». Une courbe ne peut dorénavant interpoler plus de trente-deux symboles, mais en scindant [...]

Thābit ibn Qurrah (ثابت بن قرة).

Reconstitution

Aussitôt que l'université de Cordoue annonça la découverte du manuscrit, les fanfares identitaires retentirent au sein de l'oumma. Il ne s'agissait alors plus simplement d'une hermétique construction aux idéaux restreints. Non ! Lors de l'âge d'or de la civilisation islamique, dans le creuset de sagesse du califat abbasside, en ce philanthrope épicentre d'où foisonnèrent d'innumérables bouleversements du savoir, un homme avait accouché d'un embryon cent fois prématuré sur son temps afin de s'affranchir de nos défauts en communication. Cette astronomique poussée des sondes de la connaissance affligeait une sérieuse correction à l'occident 2.0. D'Islamabad à Tombouctou, on assista au lancement de festivités spontanées en l'honneur de Thābit. Celles-ci gravitèrent sur plusieurs lunes. Quel·le fidèle ne se pâma point dans l'hystérie collective ? Combien de temps les caravanes gutturales se pavanèrent-elles sur les dunes enflammées ?

Quelques voix s'élevèrent pour appeler à la prudence. Il fallait authentifier le document par mesure isotopique du carbone, inspection de graphie, mise en cohérence du texte avec le contexte sociétal... Certain·e·s se risquèrent même à évoquer le sabéisme ou à comparer des dates. Quoi qu'il en soit, on répliqua par des accusations de calomnie et de manque d'objectivité. On questionna sur les appartenances religieuses, les connaissances des sourates, les aptitudes en langue arabe. Puis les concordistes s'emparèrent du sujet. Furent trouvés quelques versets qui alambiqués d'une certaine façon pouvaient suggérer la protection d'une parole contre la perversion. Par des comptabilités de cruciverbistes, nos apologètes firent ressortir le motif magique « dix-neuf » jusque dans la basmala. Allah aurait inscrit dans la sunna ce miraculeux code correcteur. Parmi toutes ces controverses, de l'aspect mathématique il ne fut bien sûr jamais question.

Prise de panique par l'ampleur que prenait l'affaire, la chercheuse Andalouse dévoila son canular. Elle présenta ses excuses aux personnes offensées par cette plaisanterie. Elle essaya de calmer le jeu, mais en vain. Au lieu de se rétracter, théologues et complotistes persistèrent. Ils la traitèrent de menteuse, de mécréante affabulatrice. Pour échapper à cette rauque vindicte, elle survit aujourd'hui sous protection policière.

Sexagésimal[5]

Une perche. 𒐈 𒐐𒐎. [illisible] En haut, elle est descendue de 𒐍, en bas, de combien s'est-elle écartée ?

Toi. Élève 𒐈 𒐐𒐎 au carré : 𒌋𒐉 𒌍𒐉 𒁹 tu vois.

Retire 𒐍 de 𒐈 𒐐𒐎 : 𒐈 𒐐𒁹 tu vois.

Élève 𒐈 𒐐𒁹 au carré : 𒌋𒐈 𒌍𒐉 𒁹 tu vois.

Retire 𒌋𒐈 𒌍𒐉 𒁹 de 𒌋𒐉 𒌍𒐉 𒁹 : 𒁹 tu vois.

De quoi 𒁹 est-il le carré ? De 𒁹 il est le carré.

De 𒁹 elle s'est écartée. […] Telle est la procédure.

---

5 D'après la tablette paléo-babylonienne BM 85196, environ 3600 ans avant l'ère républicaine.

Autodafé

A l'époque, Bassora n'était point réputée pour sa tambouille géopolitique ou sa diététique fanatisée. Confits asymétriques et alléchants hydrocarbures ne comptaient pas parmi les spécialités régionales. Sa grande foire était célébrée de part le monde en tant que lieu d'effervescence culturelle et de tolérance déiste !

Au cours d'un dîner animé, une ivrognesse celte tint des propos désobligeants à l'endroit de son voisin berbère : « Le couscous, c'est ignoble ! ».

Aussitôt, les convives qui avaient mis de côté leurs désaccords religieux accablèrent l'auteure de ce sacrilège culinaire. Les reproches à l'encontre de la gauloise impie allèrent jusqu'au harcèlement moral, jusqu'aux atteintes physiques. La disproportion entre le crime blasphématoire et les menaçantes ripostes outrepassèrent de loin le talion mésopotamien. Le lynchage de l'adoratrice de Theutat tournait au châtiment homicidaire !

C'est alors qu'un serf babylonien qui avait joué plus tôt un rôle important dans l'apaisement des esprits se saisit à nouveau de la parole. Malgré la forme irrévérencieuse des propos, il était juste de trouver des aspects répugnants au plat maghrébin. Sa semoule issue d'une sélection phénotypique violait la diversité chérie du créateur. Ses légumes que l'être suprême avait disséminés dans la nature pour nourrir sans discrimination étaient dorénavant cultivés artificiellement par le prolétariat d'Arabie, dans des champs privatisés par un sultanat oisif. Ses épices précieuses et convoitées avaient réveillé des péchés maintes fois prohibés par le Très-Haut. Enfin, sa viande justifiait-elle la captivité, la souffrance et le meurtre de créatures de Dieu partageant notre sensibilité ? Il conclut en suggérant d'adapter la recette aux papilles et à l'éthique de la malotrue. En entendant ce propos anti-littéraliste, on se jeta sur l'éloquent trublion et prépara le bûcher…

Si son audacieuse pensée n'a pas laissé de trace dans l'histoire, l'industrie du luxe a malgré tout su exploiter pécuniairement le nom de ce martyr irakien.

Gastronomie

À Eugénie Brazier.

Le client du restaurant s'informe sur le menu du jour :

« En entrée, une salade de pâtes, tomates et basilic...
— Une invention chinoise mêlée à des plantes en provenance de l'hémisphère sud... »

Sans se laisser troubler, l'intrépide serveur poursuit :

— En plat principal, nous avons au choix un steak frites à base de viande de bœuf charolais...
— ... et d'un tubercule importé du Pérou.
— ou notre cassoulet maison au confit de porc...
— ... à l'origine un ragoût de mouton aux fèves estampillé « monde arabo-musulman ».
— Enfin en dessert, nous proposons une délicieuse crème brûlée à la vanille...
— ... une épice originaire du Mexique dont la technique de pollinisation a été conçue en outre-mer par un esclave noir !

Le chauvin importun commande un verre d'alcool en attendant de trouver sur la carte un mets cent pour cent français. Mais le téméraire employé dont la mémoire est aussi limitée que l'humour est répétitif, s'empresse de ressortir solennellement, non sans une certaine fatuité, sa plaisanterie fétiche :

« Chantre.
Et l'unique cordeau des trompettes marines. »

C'en est trop pour notre patriote furieux qui s'exclame en prenant congé du dilettante :

« Si vous souhaitez vous essayer à la poésie, ayez au moins la décence de ne pas citer ce bâtard apatride né à Rome d'une mère polonaise ! »

Claquement de porte.

À ce moment, la patronne par l'esclandre alertée surgit de la cuisine :

« Monsieur Smith, ne reste pas déjeuner aujourd'hui ? »

IDENTITÉ FRANÇAISE[6]

$$\sqrt{1848} = 1 + \cfrac{1968}{2\left[\sqrt[3]{1830} + \sqrt[3]{1871}\right] + \cfrac{1}{1 + \cfrac{1}{2\left[\sqrt{1789}\right] + \cfrac{1}{1 + \cfrac{1}{2\left[\sqrt{1792}\right] + \cfrac{1}{1 + \ddots}}}}}}$$

6 Poursuivre le développement en fraction continue.

Ineffable

À Lise Meitner.

Thermidor cent cinquante-trois
Les combats s'achèvent sur la nécropole
Le monde s'apprête à découvrir
L'une des pires révolutions criminelles
Une machine à atomiser les êtres
Imaginée par les cerveaux germaniques
On savait les rumeurs les mises en garde
Mais comment concevoir cette abomination
Offensive américaine et soviétique
Le souffle mauvais qui les emporte
La colonne de fumée qui s'élève
L'ignominieuse ignition industrielle
Les familles à jamais anéanties
Les vies brisées brûlées gazées
L'anthropologie cynique des meurtriers
L'agonie des rescap·é·e·s qui commence
Et un archipel nippon en deuil

Subduction andine

Quand ces Supays d'airain débarquèrent en l'Empire
Courroux de feu au poing soif cupide de vampire
Par de spécieux discours mon demi-frère dupèrent
Balayant toute sa cour d'une tempête mortifère

À Vilcabamba je cultive mon fiel
Déchu je me bats pour que sous ce ciel
Trône ogre et colosse l'Inca Manco II

Feignant l'roi ingénu servile et silencieux
Dans l'ombre j'ai entret'nu l'esprit indien factieux
Qui d'Ollantaytambo se prépare au combat
Pilleurs d'or votre tombeau sera Urubamba

À Vilcabamba mon armée se terre
Fin prête au combat pour que sur mes terres
Règne ogre et colosse l'Inca Manco II

PARASITE

Sur la Grand-Place s'allonge l'hôtel de ville au style Second Empire, enrubanné d'oriflammes tricolores. Les statues allégoriques qui le peuplent combinent la physionomie « caucasienne » avec l'habillement de toges qui sied à nos climats. Les aiguilles pointilleuses du cadran mécanique ont supplanté la suave régulation solaire antérieure au protectorat. Sous les lambris d'orfèvre, des visages érubescents à chique bougonne s'adressent présomptueusement aux administré·e·s en un patois colonial intentionnellement désarticulé.

Si seulement leurs sévices se restreignissent à cibler leur langage… Mais non ! Il faut s'en prendre à nos traditions et pensées, allant même pour imposer une autorité jusqu'aux iniquités anatomiques. On s'accapare nos libertés et ressources naturelles en échange de brutaux méfaits civilisateurs… Ce troc est-il compatible avec les « valeurs humanistes et progressistes », pour employer le jargon de l'amère patrie ?

On regretterait presque la « sauvagerie » du passé !

Mais la persévérance est la vertu ancestrale de notre peuple. Avec une précision scientifique, nous scrutons le comportement des intrus·e·s et analysons leur psychologie. Tranquillement, nous assimilons savoirs techniques et stratégies politiques. Nous tissons des alliances avec l'occident intègre. S'inspirant des arts martiaux internes, nous absorbons l'énergie de Goliath pour la retourner ensuite contre lui. Patience ! Le moment venu, il sera terrassé par une fronde massive, subira les affres du déclin impérial et se verra transpercé par nos proclamations d'indépendance...

Alors que j'achève ces lignes pour un journal indigène clandestin, on frappe à la porte de ma masure. La maréchaussée de l'occupation m'accuse de trouble à l'ordre public. Je saisis quelques livres avant d'être embarquée pour les spartiates geôles républicaines. On peut arrêter aujourd'hui une rédactrice militante mais pas la révolution de demain, qui lentement se prépare dans les cercles populaires...

Empire

C’est une pagode englobée dans une once de glace. Un Têt coupé en guise de meilleurs vœux. Une vermine noyée dans un fleuve rubicond. Un pays de terres minées où les atrocités sont légion. Une jungle kaki pendant la saison des pyromanies…

C’est une mosquée inondée sous une ire exogène. Une péninsule ypérite qui souffle ses intempéries vaines. Une gerboise d’étincelles dans un Sahara sans oasis. Une liberté autoproclamée que les forces engagées gênent avec brutalité…

C’est une hutte embrassée par un paternalisme luxuriant. Une signature de croix à l’encre noire. Un territoire arbitrairement estropié à la machette. Un front fracassé à coup de craniomètre qui ruisselle parmi les hévéas tranchés…

C’est une irrationalité empirique.

Les cent hontes

L'encéphale est ainsi fait qu'il s'ingénie à enregistrer soigneusement toute situation désagréable. Si bien qu'une action malencontreuse, un commentaire regrettable, restent en nous profondément imprimés, tandis que les témoins soutiendront mordicus ne pas en avoir le moindre souvenir. Mais les sciences cognitives ne parviennent à expliquer pourquoi la mémoire transgénérationnelle fait parfois prestement résonner un sentiment de malaise, que l'on croyait enfoui au fin fond des cachots de l'Histoire.

Alors que j'étais de retour au pays natal, baignant dans l'envasement industriel et les élevages d'ulves, je retrouvai une amie antillaise installée en Bretagne. En visite au mémorial du bras de la Madeleine, l'involontaire phénomène se produisit. Les entraves de fer, les colliers strangulants, les muselières suffocantes creusèrent en un silence oppressant une fosse portoricaine entre le Saint-Malo négrier et le Santiago déporté.

Mes génitrices se nomment Croisade et Flibuste
Elles ont porté les fléaux par-delà les mers
Désherbé les plaines par le sang
Assujetti les cités païennes
Leur vie n'était que pillages et rapines
Asservissements et acculturation
Embrochement d'amérindien·ne·s et de drontes
Elles ont aimé ces airs grandioses célébrant
Leurs chevauchés apocalyptiques

Hélas ! Cette ascendance impérialiste, cette filiation anthropo-scénique ne peuvent inspirer que dégoût. Oui, mon peuple a perpétré des sévices contre ses frères et sœurs pour offrir une aigre confiserie à la bourgeoisie. Il a fait jaillir des geysers de carbone et d'uranium pour ses industries et ses guerres. Que de mondes détruits pour imposer celui-ci, odieux, abject !

La sagesse taoïste
Le collectivisme précolombien
L'agroécologie africaine
Les sciences islamiques

Juché au sommet de siècles de progrès occidental, je contemple ces peuplades englouties sous une lame civilisatrice. Et je regrette de ne pas appartenir à celles et ceux qui n'ont jamais inventé les maux modernes. À qui l'on ne doit ni les caravelles pour l'imploration de l'Amérique, ni l'art de la propagande pour diriger les masses démocratiques, ni la dépendance pour un système asphyxiant Terre et prolétaires. Alors j'assume ces crimes du passé. J'endosse les conséquences de ces présents empoisonnés. Je ne me déroberai pas devant la responsabilité des lendemains qui déchantent.

La philosophie nihiliste
Le productivisme consumériste
L'érosion de l'environnement
Les technologies déshumanisantes

Oui je reconnais tout et cent hontes encore, mais ne demanderai pas pardon ! Assez des préceptes christianisants. Ni maître imaginaire, ni victime réelle ne saurait excuser ces fourvoiements vers l'enfer terrestre. Un seul devoir : réparer la cacophonie spectrale !

Cimarronne

À Joséphine Baker.

Immanence

Sur son chemin se répandait confusément
Un mélange envoûtant de parfums exotiques
Tandis que sa voix ornée d'accents désarmants
Arrangeait les accords d'une chaude musique.
Transporté ainsi par ce spectacle charmant
Mon esprit s'envolait pour les terres d'Afrique.
La vénus brune allait avec un nonchaloir
Semblable au pas indolent d'un éléphanteau
Mais par sa marche en cadence elle offrait à voir
La danse oscillante des cobras orientaux.
Bercée par l'ondulation de ses cheveux noirs
Mes pensées voguaient à bord d'un somptueux bateau.
Sa bouche fière ainsi qu'une reine éthiopienne
Esquissait la blancheur d'un sourire mutin
Et la parure aux reflets d'or qui était sienne

S'unissait à la sombre beauté de son teint.
Fasciné par ses yeux, noirs bijoux d'obsidienne,
Mon âme s'évadait vers un monde lointain.
Blotti auprès de ce corps ardent endormi,
Mes baisers sur sa peau naviguaient en flottille.
Puis je m'empoisonnais par ce souffle gémi
Dans la pénombre où m'apparaissaient ses pupilles.
Tout ensorcelé par ce doux philtre umami
Mes songes survolaient l'archipel des Antilles.

Aujourd'hui, sur son dos, un opprimant griffon
Affaiblit en silence ma maîtresse absente.
D'obscures maladies tout doucement la font
Disparaître en une interminable descente.
Infiniment immergé dans un spleen profond
Ma mémoire avive une image évanescente…

Transcendance

Du temps des monarchies phallocratiques, la princesse Ntombiyomuzi arracha de sa crinière anthracite une étonnante échappatoire matrimoniale.

« Trouvez le prétendant qui dénombrera l'infinité des points dont ce cheveu est constitué ! »

Pourquoi s'effrayer de cette pantoufle sisyphéenne quand les almanachs San défient l'eschatologie cosmique ?

Astronomes et philosophes s'attelèrent à la tâche.

L'astucieux géomètre Thebe s'inspira des mappemondes tswanas pour fournir avec rigueur et lyrisme quelques figures équipotentes.

« Ô fragrance hélicoïdale ! Sois lisse, oublie tes bornes et enroule-toi inexorablement, alliance imparfaite ! Que la projection stéréographique t'étire aux confins de l'univers ! »

Après cette démonstration de ferveur mathématique, l'intègre corps des ministres régaliens enragea pendant deux ans. Sang bleu de haine, poings serrés.

Pendant ce temps le vieil algébriste Rolihlahla introduisit ses « nombres mortels » pour avancer avec outrecuidance son hypothèse mortuaire du continu.

« Le théorème fondamental ordonne les troupes zouloues ! Horde polynomiale, énumère tes scalpations macabres. Assassine cette densité de mercenaires en faction ! Le commandant Sylvester assurera la stabilité des opérations militaires... »

Déluge d'applaudissements courtisans !

La jeune héritière interrompit l'autosatisfaction virile en s'enquérant mesquinement auprès du triste sire au sujet de transcendance circulaire.

Puis elle exerça ses propres talents de logicienne.

Laissons-la passionnément narrer son expérience de pensée émancipatrice :

« Une girafe marche à pas réguliers sur une ligne fictive. Son parcours zénonique se divise en myriades d'itinéraires selon une échelle logarithmique. »

« Dans ma variante du paradoxe, l'herbivore tire absurdement un élément de la droite avant chaque étape afin de décider une direction d'éloignement. »

« Des atomes illimités à sa proue avertissent de rebroussements futurs. La longueur d'un trajet surpasse donc celle du chemin restant, même asymptotiquement. »

« Ces distances absolues ne sont que les termes de la série géométrique grecque et la transhumance oscillatoire converge malgré tout vers une destination. »

« Cette dernière doit à son tour être un anti-cap pour notre caméléopard. Mais aussitôt après l'avoir fuie, voilà notre animal condamné à errer sans aucun espoir d'atteindre son but final ! »

Sous le soleil africain, des réels indénombrables.

Mazurka

À Marie Skłodowska-Curie

Verset irrationnel

« Alors l'affreux serpent étiré entre deux rayons perpendiculaires s'enroulera le long de l'orbite circulaire. Sur la voie pavée d'écailles, l'humanité fuira l'antre aux venimeuses stalactites jusqu'au précipice caudal. En quelques spasmes machiavéliques, le reptile doublera de taille. Puis le peuple naïf se précipitera derechef au bord du gouffre. Et le rampant perfide croîtra pour atteindre trois fois sa longueur initiale. Et l'exode périphérique se poursuivra. Et la mue diabolique continuera : quatre fois, cinq fois... deux cents vingt-neuf fois ! Mais l'incommensurabilité lindemannienne empêchera l'ouroboros. Et plutôt qu'une libération sous les crochets euthanasiants, la foule pécheresse connaîtra le châtiment du marathon éternel... »

Quid d'un exil prophétique sphérique ? Notre espace polonais recèle encore bien des extravagances...

À la nuit tombée, les korrigan·e·s avaient totalement recouvert la planète, dressé·e·s au-dessus de terres et mers. Les règles de l'An-dro magique sont claires. Étant donnés un angle et un axe de rotation passant par le centre de la Terre, on se tient par les petits doigts pour former des cercles coaxiaux tournoyant allègrement jusqu'au petit theta d'arrêt. Mais attention la variante ne se limite pas à l'infinité des rondes… Avant chaque amorce d'un mouvement de danse, certain·e·s peuvent laisser passer leurs congénères par des entrechats célestes. Des voisin·e·s s'absentent ainsi de la giration celtique et prolongent leurs lévitations à l'envi. Voilà qui est amusant !

Avec avidité le sémillant comité prit place dans la première jambe du triskel. Les cajolé·e·s de l'ouragan arpentèrent la piste topologique tandis que la négligeable troupe géostationnaire restait coite… Les breton·ne·s furent froidement douché·e·s : hormis quelques guérites désertées, l'intégralité du théâtre de jeu demeura occupée, sans suspension rémanente.

Une korrigane eut une intuition géniale pour pimenter la soirée. « Si l'un·e d'entre nous lâche une mouette rieuse à la conquête du monde, son va-et-vient avien forme parmi nous une sorte de chaîne de l'amitié. Élisons un·e représentant·e dans chacun de ces groupes afin de mener le Fest-noz. »

Le vacarme axiomatique passé, la démente fête reprit de plus belle. Dans le cyclone méridien, les vaurien·-ne·s exultèrent de bonne humeur. Dans la spirale équatoriale, les gredin·e·s se chevauchèrent avec euphorie. Les édiles lançaient préalablement un courrier larídéen, provoquant la félicité des participant·e·s ainsi désigné·e·s selon des instructions de vol secrètes, et l'élévation folâtre des perdant·e·s. On clôtura le badin bal en inversant grotesquement les pas inauguraux.

Issue abracadabrantesque !

À chaque point du globe se trouvait dorénavant un·e korrigan·e sur les épaules d'un·e partenaire…

L'un·e bienveillant·e, l'autre maléfique.

Géodésique[7]

À Maryam Mirzakhani (مریم میرزاخانی).

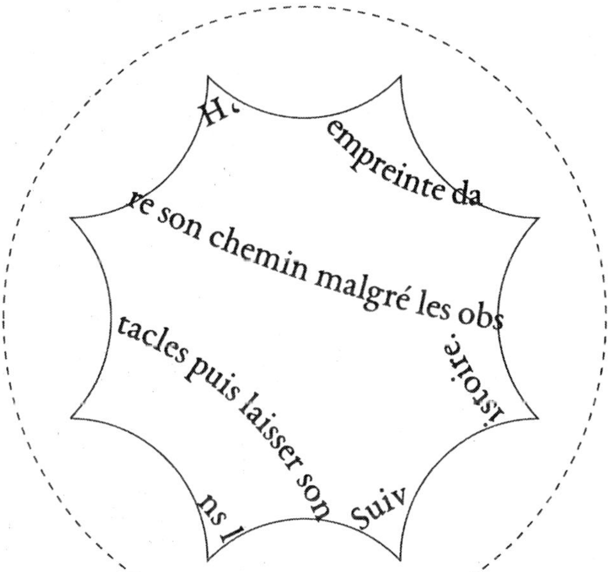

7 Lire le texte en « ligne droite », sachant que les côtés opposés de l’octogone régulier sont reliés entre eux.

Métissage

À mes parents.

Ce stigmate étoilé près de son cœur il cache,
Marque indélébile de ce noir passé khmer
Fait de larmes, de sang, de tortures, de guerres
Et d'êtres faméliques mourant à la tâche.

Toutefois il préférait plutôt que l'on sache
L'opulence familiale, la secrétaire,
Le chauffeur, l'entreprise ou la villa… Sans taire
Dans ses récits, cet orgueil bourgeois qui vous fâche.

La succession il était destiné à prendre,
Dans les meilleures écoles il a pu apprendre,
En Asie et en métropole a voyagé.

Soudain l'Angkar apocalyptique a sévi.
Alors à l'instar de ces tristes réfugié·e·s
Il n'a gardé que ses souvenirs… et la vie.

❧

Elle grandit en France, dans un petit village
Deuxième d'une famille de six enfants.
Des mois en mer le paternel était absent :
Elle épaula sa mère dès son plus jeune âge.

Dans la ferme bretonne il fallait du courage
Pour s'occuper de tous les animaux et champs.
Après un accès restreint à l'enseignement
Elle enchaîna les boulots et fit des ménages.

Un jour, elle aperçut une fillette en pleurs
Attendant un oncle dans le froid et la peur :
Il devait la chercher et aurait dû paraître !

Accueillant l'effarée chez elle à bras ouverts
Elle lui dit d'aller guetter à la fenêtre.
Le métèque apparut à l'âme débonnaire.

Tatami[8]

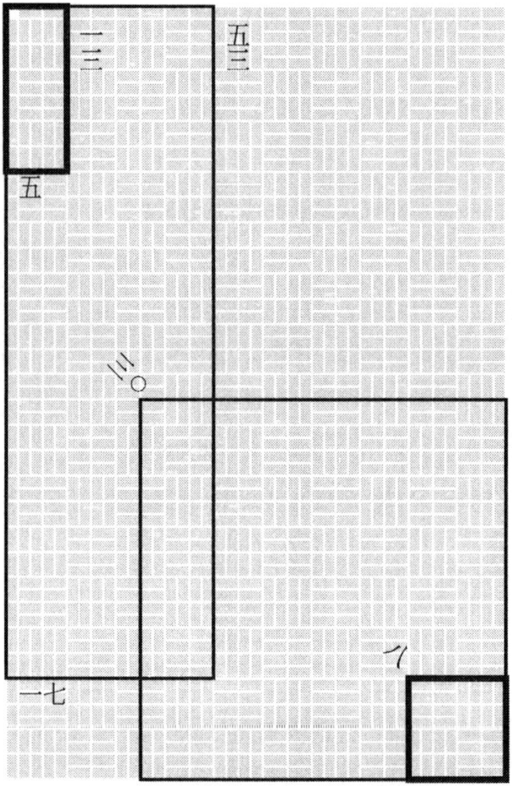

8 Comparer les surfaces rectangulaires (privées du demi-tatami en haut à gauche) avec les surfaces carrées. Généraliser à une surface de dimension 65 sur 229.

Para Élina

Paris, le 21 juillet 2020

Chère princesse en rollers,

Tu ne le sais peut-être pas, mais tu as beaucoup de chance d'avoir des cultures mélangées. Toutes les petites filles n'ont pas appris à la fois la musique classique et la salsa, écouté leurs parents parler d'arts et de sciences ou encore discuté en français et en espagnol. Quand tu seras grande, il y aura toujours des gens pour t'embêter et se moquer de toi mais souviens-toi que tout ça c'est rien que de la jalousie…

Il y a fort longtemps, une dame appelée Flora Tristan avait une maman française et un papa péruvien. Elle est endormie pour toujours, non loin de la Rochelle. Mais elle n'attend pas le prince charmant. Tu sais, avant les filles ne pouvaient pas faire tout ce qu'elles voulaient. Elles n'allaient même pas à l'école pour apprendre plein de choses intéressantes. Dans le monde des adultes, il faut de l'argent pour faire les courses, avoir une maison où dormir et payer plein d'autres trucs. La famille de Flora n'avait pas beaucoup d'argent alors elle lui a dit de se marier avec un monsieur riche qui payerait tout ce qu'elle voudrait.

Mais Flora et le monsieur n'étaient pas des amoureux et en plus le monsieur n'était pas gentil du tout avec Flora. Il lui criait dessus et la tapait très fort alors Flora elle s'est enfuie de la maison. Un jour, dans la rue du Bac le monsieur lui a tiré dessus avec un pistolet. Mais heureusement le vilain monsieur n'a pas tué Flora et a été puni. Plus tard, Flora a voyagé sur un gros bateau jusqu'au Pérou. C'était un voyage très très long parce que les avions qui volent dans le ciel n'existaient pas encore. Là-bas Flora a vu son tonton de Lima qui n'a pas trop voulu l'aider non plus.

Alors Flora elle a décidé d'être *indépendante*. Ça veut dire de vivre sans mari et de gagner elle-même son argent. Flora a d'abord lu beaucoup pour devenir plus intelligente. Ensuite elle a écrit des livres où elle a raconté son histoire. Elle a aussi voyagé dans toutes les villes de France pour rencontrer les gens et parler avec. Ainsi elle a pu défendre les pauvres et les filles contre toutes les méchantes personnes. C'est grâce à Flora et d'autres grandes personnes que tu peux aujourd'hui emprunter des livres à la médiathèque, résoudre les tours de Hanoï, jouer du piano ou faire du foot... Avant, seulement les garçons ou les personnes avec plein d'argent pouvaient faire tout ça.

J'espère que tu seras toujours aussi heureuse et garderas ta curiosité. Mais surtout n'oublie pas l'histoire de Flora Tristan et fais tout ce que tu peux pour que tout le monde ait le droit à toutes les chouettes activités de la Terre !

Erwan Iev-Le Tac

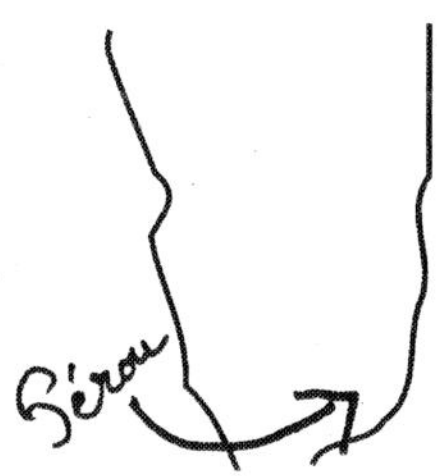

Dessins d'enfant

Pâture

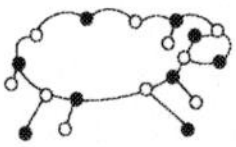

À chaque visite sa métamorphose. Boule de poil moutonnante. Brebis tondue à ras. Les petits qui tètent. Agneau et agnelle emmené·e·s. Par qui ? Où ? Ça, on ne nous raconte jamais.

Propriété

Quand le disque de Tyché vient heurter la pile cartonnée, quatre faces et deux visages s'animent dans un sursaut stochastique. La banane et la moue. Une minute suffit pour passer de l'égalité à l'injustice.

Altérité

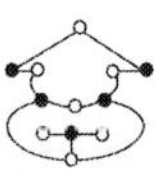

A la récré, le nouveau quolibet est « chinetoque ». Le dernier mime celui des yeux bridés. « Parce que Papa est asiatique » explique ma mère.

Insulte-t-on mon père ? Je ne comprends pas. Mais qu'en est-il des camarades d'école ?

Foutraque

Avec exaltation je rejoins la partie des grands. La sphère s'élève pour s'écraser en parabole sur mon front. Douleur larmoyante. Rebond involontaire. Félicitations coéquipières… J'ai longtemps gardé cette vision naïve d'une ludique camaraderie dans le sport.

Halieutique

Au loin, il y a l'usine familiale où la main d'œuvre turbine, l'argent coulant à flot, le tutoiement des requins. « Papy a tout perdu quand la guerre s'est déclarée ». Quand le peuple a faim, évite la surpêche.

Enseignement

Le campement tzigane sur le terrain municipal. La maîtresse indiquant la place voisine. Aider l'éphémère camarade, s'en rendre compte et être littéralement stupéfait... Combien d'autres n'ont jamais appris à faire sauter le verrou du pays des songes ?

Confidence

Le « sale bâtard » a un éclair de génie. En aparté il chuchote son secret la gorge nouée. Puis triomphal revient vers les autres : « Voilà, lui il sait ». Dès lors, l'orphelinage n'alimenta plus les railleries.

Support

Trois minutes ébouillantées et le coquetier en bois pour rester debout. Notre mère raconte que sa sœur l'a confectionné à la clinique. On entend des mots comme accident et traumatisme, asile et agression, maltraitance et alcoolisme. Le feu et le soutien.

Révélation

Pour le père noël, on prit toutes les précautions. Pour mon oncle, on le mentionna sur le chemin de l'école. Le capitalisme choque plus que l'amour.

Fécond

À Barbara McClintock

Le jour où elles le créèrent, les déesses eucaryotes se réunirent en assemblée démocratique. Après délibération, le brassage fût promulgué.

Une profusion d'allèles jaillit de ce brasier, promettant croissance et prospérité aux créatures diploïdes.

A noir, C blanc, G rouge, U vert, T bleu. Donnez quelques tubes de gouache aux mômes et voilà aussitôt les couleurs qui se mélangent pour faire surgir de nouvelles formes diamantées !

Mais reniant le dessein des nymphes phylogénétiques, Sapiens adulte se cantonne dans des îlots ethniques, sociaux et intellectuels.

Ah ! Les médiocres aquarelles monochromes aux nuances lilliputiennes !

Brassage

Selon l'image d'Épinal, nous autres forçat·e·s de l'alchimie culturelle serions écartelé·e·s en une espèce de schizophrénie existentielle. Il faudrait choisir son camp entre une consanguinaire France de confession et couleur crétines, et d'indignes gênes de la République à l'inculture comblée par des fantasmagories LCD. Selon leur théorie moyenâgeuse, des couples renégats auraient engendré de cauchemardesques centaures·se·s hantant leur angoisse conspirationniste !

Sans aller jusqu'à porter intérêt à ces élucubrations, nous resterions les plus concerné·e·s par les « bienfaits de la colonisation ». Non seulement notre généalogie compterait autant de criminel·le·s que de victimes mais ces horreurs historiques seraient la condition *sine qua non* de notre venue au monde, faisant de nous des sortes de fleurs du mal bourgeonnantes ou fanées. D'où le dilemme qui se pose de l'annulation de ces évènements passés, si elle fût en notre pouvoir ?

Or il ne faut pas croire que seul·e·s ces descendant·e·s damné·e·s seraient affecté·e·s par cet hypothétique battement d'ailes dans le chaos chronologique. Le cas échéant, l'onde fatidique n'entraînerait en effet pas une mais des millions de tornades dans l'atmosphère littéraire, culinaire, picturale, musicale, scientifique, chorégraphique, cinématographique ou linguistique.

Dès lors, l'objet de nos passions vitales ne deviendrait une espèce ni menacée ni disparue, mais un animal chimérique cohabitant avec les licornes et les phœnix d'un bestiaire surréaliste. L'image du kaléidoscope mondial réagencé par le séisme quadridimensionnel apparaîtrait singulièrement dissemblable à celle qui nous est familière. Il s'agirait d'un univers parallèle, ou ce qui est peut-être pire, orthogonal.

Aussi, plutôt que de s'égarer dans un schisme entre l'effacement du passé et la préservation du présent, pourquoi ne pas prendre acte de notre mémoire entachée d'ombre et bâtir fraternellement notre avenir ?

Temps

Générations

Supposez à votre disposition quelques trajets aller-retour à travers les époques. Comment les emploieriez-vous ? La plupart d'entre vous, nostalgiques ou futuristes, seriez guidé·e·s par un raisonnement égoïste.

Ne le répétez à personne – on me prendrait pour folle et m'internerait – mais l'opportunité s'est un jour présentée à moi. Je ne sais quelle idée saugrenue m'a alors piquée, mais j'ai jugé bon de remercier nos génies du passé en présentant nos illustres contributions du futur. Les sciences procédant par itération de nouveaux concepts, j'ai préféré parier sur l'intuitivité des arts.

Avant que sa vue ne se dégrade, j'ai donc exposé le massacre de Guernica au peintre de celui du *Tres de Mayo*. Avant qu'il ne devienne sourd, j'ai fait écouter au compositeur de la sonate au clair de lune les estampes de celui de la suite bergamasque. Avant qu'il ne tombe gravement malade, j'ai récité le poème de la pêche à la baleine à l'auteur de la fable du petit poisson. Avant sa mort tragique, j'ai fait lire au metteur en scène du bourgeois gentilhomme la pièce de la cantatrice chauve.

Ces vieux messieurs m'ont tous poliment remerciée. À ma grande déception aucun n'a semblé sensible aux œuvres présentées. Vaut-il mieux perpétuer la vie individuelle ou prolonger l'histoire de l'humanité ?

Obsolescence

Si dans une époque lointaine des rescapé·e·s d'un héritage cataclysmique lisent ce recueil dans sa langue morte originelle, nous appelons à leur indulgence.

La technologie de publication est dépassée, le format vieillot, le style suranné, la rhétorique désuète.

Les valeurs sociétales sont rétrogrades, les théories caduques, les savoirs archaïques, les idées périmées.

Mais en le recontextualisant dans la société française du IIIe siècle, peut-être trouvera-t-on complaisamment quelques vérités, curiosités ou divertissements ?

Amaryllis jouait merveilleusement d'un instrument de musique traditionnel à deux cent vingt-neuf notes. Choisissant un accord de trois notes, elle demanda à ses amies de le trouver à l'oreille puis de le reproduire.

Garance connaissait assez de l'instrument pour jouer instantanément la N-ième note la plus grave. Elle avait l'ouïe assez fine pour indiquer les intervalles séparant une note donnée aux notes de l'accord mystère. Elle trouva ce dernier en une ou deux secondes.

Myrtille à la maîtrise instrumentale similaire mais aux facultés auditives plus restreintes, était seulement capable d'affirmer si une note donnée était plus ou moins aiguë que chaque note de l'accord mystère. Elle trouva ce dernier en moins de trente secondes.

Quant à Valériane, elle pouvait simplement jouer chromatiquement les deux cent vingt-neuf notes tout en indiquant à chaque fois si oui ou non la note jouée appartenait à l'accord mystère. Elle trouva ce dernier en quelques minutes.

Enfin Carline, après quelques tâtonnements, comprit comment combiner les différentes touches afin de produire tous les accords de trois notes imaginables. Elle commença sa recherche chaotique en comparant à chaque étape la sonorité obtenue avec celle de l'accord mystère. Elle chercha ce dernier pendant des heures, des jours, des semaines...

Mais pour essayer deux millions de possibilités, il faut faire preuve de patience. De beaucoup de patience...

Cryptique

Nul besoin d'ordinateur quantique pour lire ce calendrier...

THERMIDOR CCXXIX

Pri	Duo	Tri	Qua	Qui	Sex	Sep	Oct	Non	Déc
2DD	43C	02B	228	1A8	20F	2A5	2C6	1A8	4E5
182	4D5	1BE	4AB	248	1BE	363	538	08D	135
1D2	363	73A	0BD	02D	6BB	098	511	70D	71E

Posthilbertienne

Mon premier appartient à une palette de deux cent cinquante-six couleurs. Mon premier possède plusieurs composantes chromatiques, avec chacune dix nuances.

La couleur synthétisée par addition des composantes chromatiques de mon premier est une couleur primaire. La couleur synthétisée par addition et absorption alternées est caca d'oie, qui est aussi la première composante de mon premier.

La couleur synthétisée par addition et absorption alternées des composantes chromatiques de mon premier, préalablement intensifiées (en triplant une fois la deuxième, deux fois la troisième, trois fois la quatrième, etc), est une couleur primaire trismégiste non issue du bleu ciel. La couleur synthétisée par addition est une couleur primaire trismégiste non issue du rose.

Qui est-il ?

Scènes

À Saadia Bentaïeb.

Des fourches patibulaires élèvent un attique à la gloire d'un Louis absolument sourd aux doléances. Ce gros gibet augure une représentation iconoclaste mêlant protagonistes historiques et public haut débit.

À bord du vaisseau rouge-pétulant aux parois dorées, nous voilà embarqué·e·s pour une odyssée révolutionnaire de cinq mois et quatre heures. Celle-ci est grave, blasons et soutanes s'opposant à toute réforme fiscale !

En direct des chaînes d'info, le capitaine à la couronne dégarnie convoque les États généraux dans son costard-cravate luisant afin de sortir de la tempête politico-financière. Aux ordres de trouver une solution !

Le navire poursuit sa course entre tangages émeutiers et roulis constitutionnels. Sur des flots sanguins agités, les député·e·s luttent contre vagues d'effroi et vents glucosés. Hissons tout droit le pavillon universaliste !

Pour reprendre la barre, on fait appel aux corsaires, qui encerclent *L'Enivré de liberté*. Mais la garde côtière de quart se mutine. À fond de cale, les fers se brisent ! L'assemblée maritime presse Poséidon...

Fluctuat nec mergitur. Le faisceau de la pleine lune sur le pont suit la géante vedette dans son bain de foule nocturne. La flotte de mercenaires s'éloigne, les matelot·e·s jubilent. Vive la monarchie, vive la France !

Les débats houleux reprennent malgré la pénurie de vivres et les menaces tonitruantes. Soudain, des naïades furibondes assiègent la timonerie. Le commandant ne peut que céder à leurs revendications...

Dans son paquebot à la dérive, il répète que le brouillard se dissipera. Mais une lame laisse émerger un échafaud de glace. Rideau, révérences et ovation.

Au milieu de la viscosité émerveillée qui s'écoule à pas lents vers de nouveaux transports partagés, une critique dissonante est lâchée à brûle-pourpoint : « C'était trop politique ! ».

La Narseillaise[9]

À Louise Michel.

Hâlé·e·s, offensé·e·s, apatrides,
Le joug de rois reste à briser !
Contez-nous de lâches tirs honnis,
L'État dardant l'grand zèle aviaire !
L'État taisant l'grand zèle aviaire !
Et tant d'écroué·e·s des camp-bagnes,
Nu·e·s gisent sans bière en ce sol-là…
Île vaine, ruche au cent cobras
Engorgée de vice et de castagne !

Infâmes, six fois rien,
Forcené·e·s, drôles en haillons,
Marchandes, Maçons,
Crains cent Huns sûr·e·s
Âpre et veule nazillon !

---

9 Sur l'air du *Chant de guerre pour l'armée du Rhin.*

Cyclotomique

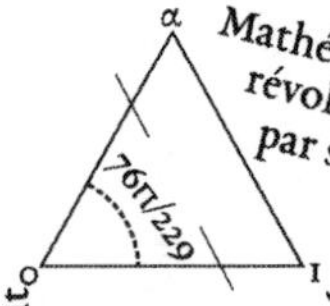

Mathématicien de génie dont la correspondance
révolutionnaire ne fût pleinement comprise
par ses pairs que longtemps après sa mort.

Romantique éconduit.
Rivalité amoureuse ?
Ou règlement politique ?
Victime des ultraroyalistes.
Anticlérical quasi régicide !
Étudiant révolté.
Manifestant embastillé.

Théorie des nombres.
Équations différentielles.
Mémoires égarés.
Rapporteurs dédaigneux.
Anciens problèmes éclairés.
Approches trop novatrices...
Revêtements universels.

Q

Sa trop brève vie s'acheva
sur un duel imbécile, une agonie laïque
et un groupe d'épaves testamentaires...

PIÈCES[10]

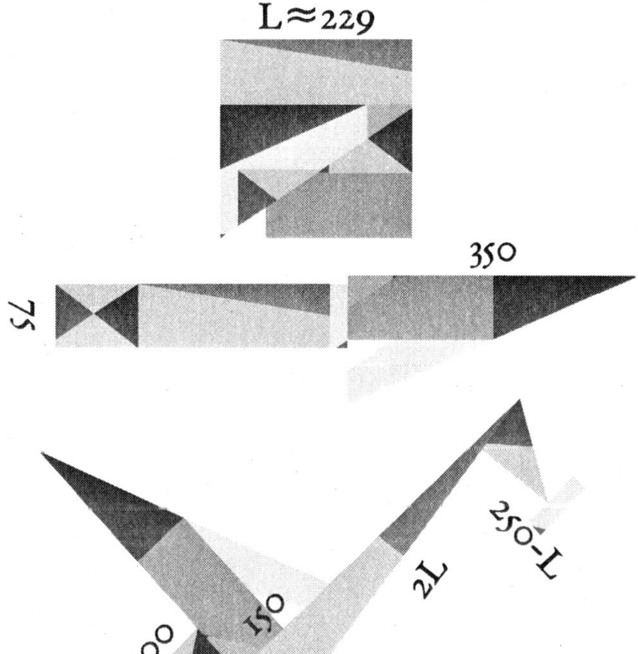

10 Les pièces du carré ont été arrangées de deux façons différentes. Trouver l'erreur.

Chinoiserie

À Wu Zetian (武则天).

Dressée sur son promontoire rocheux, la gardienne de Thèbes interroge : « 4 membres le matin, 2 le midi et 3 le soir... ». « C'est l'homme » interrompt le visiteur. Elle retient en son for intérieur une avalanche d'admonestations (« Être humain » eut été moins misogyne. M'aurais-tu coupé la parole si j'eusse été un sphinx ? Cesse de lorgner avec tant de concupiscence mes fulgurantes mamelles ! Sois maudit mâle alpha à l'incestueux oracle !) et avec un calme olympien : « ... pour prévenir la régénération cellulaire, ces êtres tentèrent de vaincre l'hydre de Lerne par strangulation. Le matin, les Tétrachires de Pan partent à l'assaut mais trois têtes demeurées libres leur déversent une toxine assassine. Le midi, les Humains empoignent toutes les têtes, sauf l'immortelle qui les tuent sur-le-champs. Le soir, les Cerbères emploient leurs gueules en guise de membres préhenseurs mais deux cous échappent aux glaives canins. Combien de têtes a la bête ? ». Après un moment de réflexion, Œdipe répond crânement « Elle a 11 têtes : 2 Tétrachires attrapèrent 8 têtes, 5 Humains saisirent 10 têtes et 3 Cerbères mordirent 9 têtes. ». Mais la sphinge un tantinet agacée, se reprend : « Je dois préciser le déroulé des évènements de la veille. Un macho exhibant ses stéroïdiens muscles et sa phallique épée, se mesura au monstre. Dans l'antre, notre énergumène aux chevilles bouffies dénombra treize têtes qu'il trancha une par une. Mais pour chaque tête décapitée deux nouvelles têtes étaient offertes. Après cette première bataille infructueuse, le balourd héros n'était parvenu qu'à tripler le nombre de têtes. Imbu de lui-même, il trancha le nombre maximum de têtes qu'il pouvait en un coup de lame et s'empressa de répéter l'opération. Mais les têtes réapparaissaient plus vite encore. Après le 229e coup, cet inconditionnel de la loi du plus fort succomba de fatigue. Alors, athlète, combien de têtes a la bête ? ». Voyant le parricide ébahi buter sur ce casse-tête, elle l'étrangla puis le mangea, sans autre forme de procès.

Racines

À Sophie Germain.

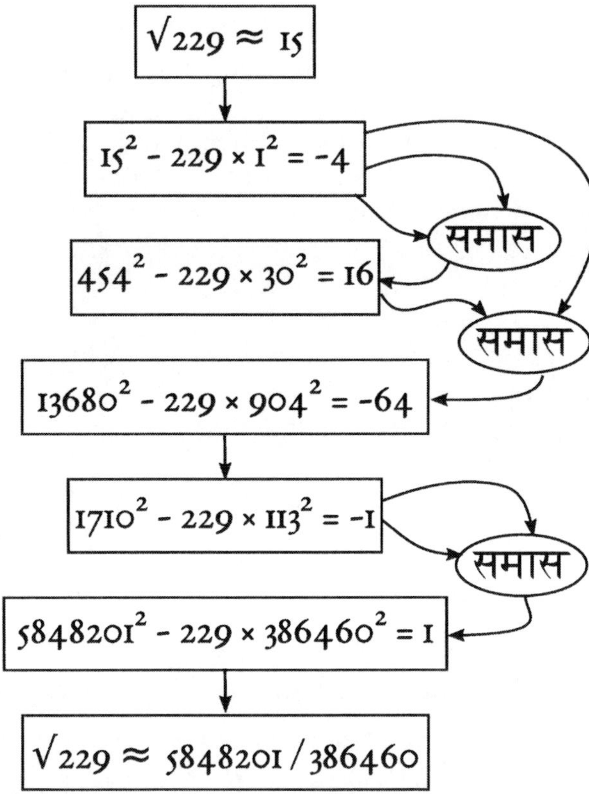

Harpies

Des espions indiscrets prolifèrent d'abord en sourdine. Opiniâtre ou furtive, l'omniprésente escorte ne jouxte jamais les limbes de l'assentiment. Sifflements et insultes sporadiques viennent troubler la frugale sérénité d'une proie blêmissante. Parfois, des escogriffes chevronnés distillent une fallacieuse gentillesse avant d'abattre lourdement leur *desiderata*. Enfin, les pires baladins usurpent le titre de plénipotentiaires du corps. Tout autour, une plèbe léthargique renâcle à une périlleuse et incongrue intervention contre ces dévastateurs aérolithes. Aucune trêve ? Écoutez notre fluide supercritique qui conflue sardoniquement ! À son zénith, craignez pour les vestiges des édifices machistes... Nos vertigineuses harangues vous cribleront d'ogives castratrices. Nous exposerons publiquement votre exubérante grivoiserie pour la fouler d'un pied exorciste. Inutile d'abriter de frauduleuses probités sous un scaphandre d'arguties ! Les consciences se réveillent en pandiculations tressautantes et lénitives...

Vues

Au square des Épinettes, un masque anti-pollution couvre le visage de marbre de Maria Deraismes, lui insufflant ainsi un air étrange.

Une chatte noire sourde se languit dans une vitrine de Francœur pour inviter les chaland·e·s à quelque tapage diurne contre les propriétaires. Des oiseaux commensaux ont imprégné le ciment encore frais.

Les élèves des écoles voisines ont repeint aux couleurs du drapeau arc-en-ciel les marches menant au sommet du mont Cenis.

Un mur montmartrois sacrément rustique s'affranchit par un gigantesque timbre-poste rose à l'effigie de Simone Veil, parodiant une devise nationale féminisée.

Une énigmatique partition musicale adoucit les mœurs de forces casquées tenant en joue et à l'œil les passant·e·s de l'escalier Girardon.

Les silhouettes de Jackson et Nijinsky dansent insolemment dans les jardins élyséens où fleurissent les panneaux d'interdictions.

Loin des champs jaunis et voyeuristes, les chants de Bonne Nouvelle marchent en portant de violets slogans : « La liberté sexuelle n'est individuelle que dans l'onanisme », « Dans l'amour pluriel, faire attention au féminin » ou encore « On peut jouir d'un bien hérité pas avec un mâle irritant ».

Chez le cardinal Richelieu, la verticale enseigne d'un salon de coiffure s'accompagne au piano par un jeu anticonformiste.

Les rues ont adopté une signalisation inclusive et militante mais l'éphémère égalité s'est vue déchirée par des réactionnaires ulcéré·e·s.

On en trouve tant d'autres au milieu de l'architecture colossale des boulevards haussmanniens et des monuments historiques.

Elles s'immiscent partout.

Excentricité

À Hypatie.

Une philosophe néoplatonicienne
Sage conseillère pour les antiques maîtres !
Constructrice d'astrolabes et d'hydromètres,

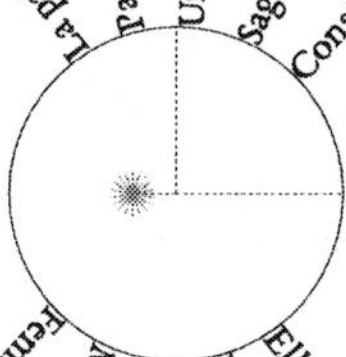

Elle transmit l'arithmétique diophantienne,
L'œuvre de Ptolémée et les sections coniques.
Elle enseigna littérature, astronomie,
Mathématiques au peuple d'Alexandrie.
Femme forte au sein de la cité hellénique,
La païenne fut atrocement assassinée
Par le feu d'une meute chrétienne enragée.

Féminicide

une femme va périr ce soir assassinée par son mari
les Batignolles porte de Clichy Tribunal de Paris
pénètre le prévenu costaud dans l'étroit box vitré
il ausculte l'œil nigaud et les pores imbibés
omnipotente et ventripotente juge on comprend
qu'Aïssata et Ahmed se sont connu·e·s il y a quatre ans
un religieux mariage une petite fille une petite frappe
pernicieux chômage fil en aiguille despotiques frappes
la procureure succède à l'austère saponification
avec verve elle réclame une exemplaire sanction
l'éloquent avocat commis d'office se démène
pour épargner à l'impétueux client une lourde peine
délibération cinq mois avec sursis mis à l'épreuve
interdiction de remettre les pieds à la Courneuve

la magistrate exténuée arrive au neuilléen domicile
l'époux démis nie se terre éclate une dispute imbécile
irrémissible engrenage qui mènera jusqu'à la furie
une femme va périr ce soir assassinée par son mari

Couvrir

CH_3-CH_2-OH

Les activistes, qui ne cessent de décrier l'industrie agroalimentaire, font soudain preuve d'une pusillanimité faramineuse face au plus célèbre produit marketoxic. Aujourd'hui fabriqué en tout lieu et à grand échelle, c'est une marchandisation de drogue juteuse.

Il faut avouer que la campagne de propagande psychotropique sur ces breuvages chimiques a été rondement menée. Les molécules de culture, de socialisation, de détente voire d'élégance ont été neurotransmises dans l'espace public afin d'inhiber les polémiques postsynaptiques. Surtout, l'illusion de la parcimonie a flatté avec euphorie notre tartufferie, notre terrible inanité.

Regardez ces chantre·sse·s de l'hygiénisme moderne qui entre courses de bien-être et étirements brahmaniques, lèvent hypocritement un verre sulfureux en souhaitant à l'humanité une excellente santé physicomentale. Mais attention, ce frais léthé par des déséquilibré·e·s déprécié est végane, biologique et naturel !

Ou bien ces partisan·e·s de la non-violence, qui après une journée de manifestation contre les éborgnements policiers, les lâchers de bombes ou la brutalité homme-femme, se donnent rendez-vous à la nuit tombée pour des beuveries « modérées ». Au-dessous de la joie, de la cordialité et du consentement, de bachiques démon·e·s encore farouches restent tapi·e·s, prêt·e·s à bondir au signal convenu. Amnésie internationale !

Écoutons-les encore pourfendre les fumisteries des lobbies du tabac ou des trafiquants de cannabis. Effectuer leurs décomptes macabres de victimes-de-ceci-chaque-jour pour choquer les consciences sans jamais froisser les taules. Expliquer qu'il faut préserver les terres agricoles pour les fruits et légumes de première nécessité. Hurler au concussionisme, à l'exploitation africaine, au proxénétisme industriel, au féminicide !

Et vous malhonnêtes lectrices et lecteurs qui vous prétendez « humanistes », de quelles excuses vous parez-vous pour rôtir sans vergogne sous les contradictions cancérigènes des stygiens comas artificiels ?

Dilution

Minuit tamisé par le clair de lune. Silence strié des stridents strigidés. Ces nyctalopes dénoncent une chaumière gardée par les ifs, d'où s'exhalent fumerolle chimique et éclairage d'âtre. Dans le laboratoire clandestin, s'étend à perte de vue une forêt de tubes à essai sabbatiques, d'erlenmeyers à magie noire et de béchers d'alchimistes. Des statues vaudoues de musaraignes fœtales baignent dans les bocaux visqueux que troublent les bulles. Sous les effluves de salpêtre, se mélangent les solutions nécromanciennes en ébullition, les alexitères aux nuances amphibiennes, le fuchsia fluorescent des philtres de permanganate...

Le docteur en nano-sorcèlerie quitte l'oculaire batave pour s'enfoncer dans une rêverie noire. Un sursaut pavlovien l'entraîne précipitamment des profondeurs psychédéliques vers sa bibliothèque occulte. Le mage s'empare alors d'un vieux grimoire jauni en déchirant les rets de soie dans un fol tourbillon de poussière :

Médecine naturelle biologique (granules de saccharose)
La racine d'un type de Beta vulgaris subsp. vulgaris
Recrache à la cuisson un fluide vermeil sirupeux
Pouvant être fatal chez les sujet·te·s diabétiques
Mais le poison rouge absorbé à dose réduite
Posséderait quelques vertus bézoardiques
Diluer une goutte du produit malsain
Dans 99 fois son volume en eau
Bien secouer pour dynamiser
Et répéter ainsi le procédé
À un pour dix mille
À un millionième
À un sur 10^8
À 1 / 10^10
10^(-12)
7 CH
huit
9

Contemplant le néant, l'infâme savant referme délicatement le volume, caressant sa barbiche et l'ombre miaulante... Puis il ébauche un sourire mystérieux.

Atavisme

Renfermement

Tandis qu'approchait germinal, un mal résurgent retenait Giuseppe confiné à Rome. Le pernicieux venin s'était peu à peu instillé dans notre organe thoracique en faisant fi des antidotes philosophiques. La vieille crainte des razzias que l'on croyait naïvement éclipsée – sauf chez de sombres cercles extrémistes – initia sa phase d'émersion. Une haine débridée s'enticha de pugilats altérophobes. Les masques tombèrent : on vit soudain plus de bras que de mains tendues. Des foules paranoïaques caillassèrent les autocars de tourisme, écrouèrent les croisiéristes en paquebot. Les apparatchiks s'étaient pourtant naguère empressé·e·s de donner leur accord au navire russe de la méforme constitutionnelle ! Chaque autocrate s'affubla d'une couronne absolutiste, s'emparant du prétexte sanitaire pour asphyxier les libertés individuelles. On clamait alors à pleins poumons que cela n'arriverait jamais dans nos sociétés démocratiques. Mais le guide italien fit ériger de nouveaux remparts sociaux. « Le temps est compté ! » Ce cri de guerre aux mille échos vida les rues de la cité aux chats harets.

Diffusion en léger différé en France. Pris d'une panique symptomatique, les Parisien·ne·s s'enfuirent à grande vitesse en province ; se lavant les mains du drame transporté chez leurs compatriotes qui étaient hier traité·e·s en pestiféré·e·s parias. À ce jour, aucun·e n'a semble-t-il détecté de nouvelles ondes gravitationnelles. On excella toutefois dans le dévoilement de conjurations occultes et la découverte de remèdes miracles. Le culte du Gitche Manitou allait guérir des poisons chimiques du grand marabout ! D'autres contaminé·e·s par un égoïsme éclaboussant, surconsommèrent les enseignes alimentaires et pharmaceutiques. Une ordure inhospitalière s'attaqua au personnel hospitalier, aux agent·e·s de propreté... La police sortit promener ses drones en commandant des millions de traçages. On mit les vieux principes sous respiration artificielle : détentions provisoirement reconduites, école optionnelle, manifestations interdites.

Les épidémies ont inspiré maints tableaux métaphoriques de nos auteur·e·s. La haine, la peur, la sottise, le « chacun pour soi », le totalitarisme y sont peints sous l'aspect de pathologies contagieuses. Depuis le IIe siècle, les scientifiques ont compris que celles-ci dissimulent en réalité des êtres évoluant dans leur propre microcosme darwinien. Comment dès lors les comparer avec ces comportements lamentables ne répondant à aucun besoin naturel, faisant de nous des animaux singulièrement bêtes ? Entend-on les pieuvres prétendre que les escargots ont mauvais genre ? Les orangs-outans critiquer les mœurs des bonobos ? Imagine-t-on quelques conciliabules ursidesques pour fomenter des agressions entre pelages bruns et toisons polaires ? La testostérone monte-t-elle tant à la tête du mâle hippocampe qu'il assigne tyranniquement ses femelles à la garde de la progéniture ? La plus grosse erreur des partisan·e·s de la théorie du cerveau triunique a peut-être été de glorifier le néocortex ! Un jour peut-être, on redécouvrira à travers quelque lunette galiléenne les lueurs archaïques de l'altruisme, de l'empathie et de la liberté dans la voûte céleste assombrie de l'humanité « civilisée »...

Répit

Alors la planète spoliée, souillée, meurtrie décida de rétablir l'équilibre systémique par une nouvelle calamité. Et ses tortionnaires furent mis·e·s en cage. Et les éléments naturels furent purifiés. Et les traînées des albatros d'acier se dissipèrent dans les cieux. Et l'hydre médusée ne vomit plus sa fumée inextinguible. Et les astres dansèrent en chœur dans la nuit diaphane. Et les ioniennes aubades furent interprétées par des anonymes ailé·e·s. Et la résistance animale en liesse gambada dans Paris libéré ! Puis le syndrome de Stockholm affecta les primates aliéné·e·s. On abolira embastillement et bellicisme. On sauvera les services sociaux élémentaires, la culture et la connaissance. On arrêtera travaux et consommations frénétiques. On dira adieu au satan hypertrophié. On reviendra à l'échelle locale et vivra en harmonie avec l'écosystème terrien. On retrouvera enfin les valeurs et relations humaines fondamentales... Mais jusqu'à quand ?

PROMISCUITÉ

Cortège de rames à l'incertain tempo,
Offrant aux quais un terrifiant spectacle orgiaque...
Fournaise infernale où gémit un las troupeau
Mêlant parfums de sueur et senteurs d'ammoniaque !
Dans ces wagons bondés, un arrêt impromptu
Fait chuter mamies et lecteurs contorsionnistes.
Entre l'œil lubrique et les jambes court-vêtues,
Lentement se faufile l'accordéoniste...
Mais pénètre un majestueux carrosse à roulettes :
Vite on s'écarte en quelque endroit inexploré
En tournant de concert vers l'infant·e une tête
Hébétée, pour le moindre sourire implorer !

Absurde 2.0

En ce temps-là, les Sapiens avaient tellement copulé que la planète s'était retrouvée comme qui dirait littéralement infestée. Afin de pouvoir correspondre sur de longues distances, on avait mis au point tout un appareillage savant : colombographe, télégraphe, téléphonie, messagerie électronique... Jusqu'au jour où fût conçue le système de communication ultime, fruit de siècles de progrès technologique, celui qui allait enfin sauver les Sapiens et exaucer tous les mensonges dignes d'une civilisation moderne : les tchatdoctes.

Les tchatdoctes étaient des lieux virtuels ressemblant généralement à de petits oiseaux bleus. Néanmoins ils pouvaient prendre diverses formes selon leur spécialisation plus ou moins poussée en photographie, audiographie, vidéographie et autre trombinoscopie. Ils étaient aussi appelés réseaux sociaux ou forum de discussion, quoique qu'y fourmillassent aussi bien les Sapiens asociaux que agoraphobes. En revanche si on s'en tient à la terminologie idoine, il s'agissait avant tout d'endroits où on étalait abondamment ce qu'on savait, ou plus généralement ce qu'on ne savait pas. Car c'étaient un des grands principes de la philosophie tchatdoctes : moins on était expert sur un sujet, plus il fallait donner son avis dessus, et inversement.

En plus des commentaires d'une discussion classique, les tchatdoctes reposaient sur les concepts d'approbation, d'abonnement et de partage. Ainsi, si on souscrivait à la publication d'un·e Sapiens, on pouvait lui attribuer des points d'approbation. Ou alors décider de s'abonner aux publications de ce·tte Sapiens, de façon à pouvoir être tenu·e informé·e de ses publications futures. Ou enfin partager ladite publication pour que nos abonné·e·s puissent à leur tour approuver, partager ou suivre ce·tte Sapiens ; de même pour les abonné·e·s de nos abonné·e·s, les abonné·e·s des abonné·e·s de nos abonné·e·s et ainsi de suite. La mégalomanie et le narcissisme étant le propre des Sapiens, il est bien évident que de moyen de communication on passa rapidement à un fol engouement pour la course au nombre d'abonné·e·s, d'approbations ou de partages.

Et dans tous les tchatdoctes, on publiait, publiait, publiait… On publiait le matin, on publiait l'après-midi, on publiait le soir. On publiait aussi pendant la nuit des Sapiens situé·e·s dans d'autres fuseaux horaires, si bien que réciproquement ces Sapiens publiaient quand on ne publiait pas et que donc les publications se déroulaient en réalité vingt-quatre heures sur vingt-quatre en son propre fuseau horaire, ou partout ailleurs sur la planète, voire dans les stations spatiales.

Après le détournement du moyen de communication génial qu'étaient les tchatdoctes, on décida naturellement d'opérer ce qu'on pourrait appeler un détournement du détournement. Ainsi, plutôt que de partager des informations avec ses abonné·e·s, on se rendit vite compte qu'il était beaucoup plus intéressant tchatdoctiquement parlant de partager des désinformations. Car c'est un autre fondement de la pensée tchatdocte : pour augmenter son score de popularité, il vaut mieux partager une rumeur fausse qui nous conforte dans nos jugements plutôt qu'une nouvelle authentique qui risquerait de ne pas être en phase avec les opinions de notre réseau de relations tchatdoctes.

Comme il n'était pas possible d'attribuer des points de désapprobation pour empêcher une publication de gagner en popularité, une des solutions trouvées par les Sapiens consistait à publier un commentaire négatif, immédiatement repris et propagé par l'intermédiaire de ses abonné·e·s. Bien sûr, pour ne pas manquer une publication contestable et s'assurer de réagir promptement, il était fortement recommandé de suivre assidûment ses auteur·e·s politiquement antipodaux. D'où ce célèbre syllogisme de la logique tchatdocte que l'on peut énoncer ainsi : pour être populaire il faut un score élevé ; or un score élevé est signe de désapprobation ; donc être populaire est signe de désapprobation.

La mathématique tchatdocte reposait sur la modélisation des phénomènes par une loi anormale. Ainsi pour une telle variable aléatoire d'espérance μ et d'écart-type σ, la probabilité que sa valeur fût située en dehors d'un intervalle était égale à l'intégrale sur cet intervalle de la fonction qui à tout nombre réel x associait l'inverse de σ fois la racine carrée du périmètre du cercle unité, multiplé par l'exponentielle de l'opposé de la fraction de numérateur la différence x moins μ élevée au carré et de dénominateur le double du carré de σ. Par ailleurs, le théorème de l'excentrisme stipulait que pour tout phénomène aléatoire d'espérance μ et d'écart-type σ, il était dans l'ordre normal des choses qu'il suivît la loi anormale correspondante.

Pour nos lectrices et lecteurs non encore familiarisé·e·s avec l'abstraction tchatdocte et qui n'auraient pas aussitôt décelé la faille, supposons à titre d'exemple que les mâles Sapiens mesuraient en moyenne un mètre quatre-vingts avec un écart type de dix centimètres. Selon le théorème de l'excentrisme on déduisait que cette taille suivait une loi anormale, d'où il découlait de la formule sus-citée que non seulement soixante-huit pour cent des mâles se situaient en dehors de la plage de normalité 170–190 cm mais que de surcroît

99,99995 % des mâles (quatre œufs après la virgule) étaient en réalité des géants surpassant les 2m29 !

Vous comprenez qu'avec ce type de raisonnement, on était capables de raconter n'importe quoi et son contraire dans les tchatdoctes, puis d'interpréter les statistiques de sorte qu'elles s'accordassent le mieux à ses avis personnels. Les antivaccinards prétendaient, chiffres à l'appui, que 74 % des Sapiens ayant subit une injection deviendraient tétraplégiques en trois ans maximum et 68 % seraient foudroyé·e·s l'année suivante. Les vaccinards, en se basant sur les mêmes données, affirmaient inversement que 70 % des impatient·e·s dans les hôpitaux et 75 % en réanimation avaient refusé la vaccination contre la pandémie.

Pour ne pas être accusé·e·s de pessimisme, reconnaissons toutefois que les tchatdoctes étaient parfois bien pratiques. Par exemple, plutôt que d'aller bêtement faire l'acquisition d'un livre en demandant conseil au libraire du coin, on pouvait en quelques clics et sans quitter son domicile, suivre les recommandations de best-sellers par les anonymes des tchatshops, faire illico publier un exemplaire au Brésil à base de papier amazonien, l'importer par longs courriers et enfin être livré·e·s par des indépendant·e·s sous-payé·e·s. Pour les Sapiens souhaitant favoriser la production locale, il était bien évidemment possible de faire préalablement exporter des troncs d'arbres de forêts voisines jusqu'au site de production brésilien. Comme cela ne suffisait pas à soutenir la demande mondiale, il était en outre convenu que l'on utilisât du papier recyclé en Europe pour les commandes passées d'Amérique du Sud.

De la même façon, si on était victime de certains symptômes suspects, au lieu d'aller consulter un·e médecin qui tenterait inévitablement de rassurer en expliquant qu'on était en parfaite santé, on pouvait demander un télé-examen auprès des tchatdoctors pour obtenir en quelques minutes un diagnostic précis de toutes les pathologies que l'on pourrait avoir et se voir prescrire une auto-médication pour contracter celles dont par mégarde on ne souffrirait pas encore. Enfin, pour choisir un hôtel ou un restaurant, il suffisait de se fier aux commentaires et notations sur les tchavisors. Par un complexe calcul prenant en compte l'autolaudation des propriétaires, la vendetta malhonnête des client·e·s insatisfait·e·s ainsi que les variantes du syllogisme tchatdocte mentionné ci-dessus, on pouvait alors choisir avec certitude le meilleur rapport médiocrité/prix.

Cela étant, vous vous demandez peut-être qui finançait ces tchatdoctes gratuits afin d'assurer tous les aspects essentiels au bon fonctionnement du produit : serveurs, modération, support technique, maintenance logicielle, etc. Eh bien ! Disons que les utilisatrices ou utilisateurs ne payaient pas pour ce service. Ou plus précisément, pas directement. Et que de toute façon, aucun·e de ces participant·e·s ne répondaient réellement à ce qualificatif. En réalité, les marionnettistes Yankees, au lieu de facturer les participant·e·s de leurs plate-formes, pompaient et pompaient les données personnelles puis les revendaient à d'autres entreprises commerciales, leur véritable clientèle. Car pour paraphraser un proverbe tchatdocte : pourquoi ne pas faire les saint·e·s quand on ne peut se faire piquer ?

Ouverture

Nos adolescent·e·s des millésimes interconnectés sont si tôt confronté·e·s aux répugnances et aux fatalités, que nul épouvantail ne saurait freiner les élans de leur témérité. Qu'un illuminé proche-oriental s'attaque à l'harmonie de nos mineurs en traçant de sa syrienne syrinx d'enchanteresses arabesques, et les voilà prêt·e·s à s'envoler vers des destinées d'aclla-cuna, à se sacrifier dans la plénitude des libations plasmiques. Mais ces jeunes livré·e·s aux chorées de graphie, ces page·sse·s dont les pensées s'emmêlent en boustrophédon, se retrouvent littéralement tétanisé·e·s par les foudres de la taciturnité lorsque des jachères d'ébène éclot la Culture, octogénaire emmitouflée d'aniline et de cellulose. Devant l'éloge des artistes et les lèvres palpitant d'enthousiasme, nos béotien·ne·s baissent les yeux, hochent la tête, haussent les épaules, piétinent d'impatience. Alors résigné·e·s, on laisse nos détenu·e·s peu captivé·e·s par les sanctuaires spirituels repartir à l'ouvrage… On avait aussi été sceptiques à leur âge.

Manuel

Généralité. L'activité est particulièrement opportune en phase d'attente (file, salle, arrêt, avant une séance, un rendez-vous...). Préférez les formats réduits ou pliables pour plus de commodité. Rappelez-vous que certains styles ne conviennent pas face au danger d'interruptions intempestives. Ayez toujours sur vous quelque objet mince (ticket de transport, feuille, carte, etc) pour une reprise rapide. Dans le cas contraire, utilisez le célèbre posage-retourné sur une surface stable ou sur la cuisse. En dernier recours, employez le pliage-appuyé ou la recherche dichotomique. Prenez vos dispositions pour prévenir les risques météorologiques (intempéries, canicule...). En cas d'achèvement imminent, prévoyez des stocks de rechange.

Déplacement pédestre. Privilégiez les longues lignes droites et les voies piétonnes pour une meilleure sécurité. Il est aussi possible de se laisser guider par l'immersion dans la cohue, la filature de personnes à célérité réduite ou la locomotion assistée (ascenseurs, escaliers et tapis roulants). Lors de l'attente aux carrefours à feux appliquez les méthodes inspirées de nos ami·e·s non-voyant·e·s (annonce vocale, écoute des bruits du trafic, etc). Une alternative efficace mais moins connue est de tenir l'objet fixé devant soi en gardant la signalisation en arrière-plan. En mode nocturne, repérez et suivez les éclairages publics.

Transports. Il va de soi que l'activité est fortement déconseillée en cas de cinétose ou si vous conduisez ! Dans les transports publics, une place assise est attractive, mais vous devrez la céder aux personnes prioritaires ou vous lever en cas de saturation. Dans le métro et le tramway, trouvez un coin près des portes où vous pourrez vous adosser sans gêner les allées et venues. Dans le bus, n'oubliez pas les boutons de demande d'arrêt. En espace réduit, deux options s'offrent à vous : le tenu-près-du-corps (minimisation de l'espace occupé) ou le tenu-tendu-en-hauteur (optimisation du rendu visuel). Pour les longs trajets, épargnez-vous les désagréments voisins : musique et côté fenêtre !

Restaurant. Le principal danger étant constitué par le giclement d'aliments sous forme liquide, pensez à agencer les différents composants de la table pour conserver une distance de sécurité maximale. Éclairage et tranquillité sont à prendre en compte lors du choix de la table. Évitez les mets requérant l'usage des doigts. En cas de simultanéité avec la consommation, plusieurs techniques existent pour maintenir ouverture et inclinaison si vous ne disposez de main surnuméraire par rapport aux prérequis des plats commandés. En plus du traditionnel mais pas toujours fiable pliage appuyé sus-cité, citons pêle-mêle le coinçage par une salière, un couvert, une assiette creuse, un verre à pied voire un interstice mur-table. Bon plan gourmet : optez pour un établissement aux spécialités étrangères fréquenté majoritairement par des clients de langue correspondante, pour vous inintelligible. En plus d'échapper à la distraction des bavardages, cela vous offrira un gage d'authenticité culinaire.

Mais le mieux pour vous adonner à la lecture extérieure reste de se poser dans un petit coin tranquille !

Réflexions

Lorsque Sandhya soutint sa thèse de doctorat sur les anneaux d'entiers algébriques, elle se remémora avec une douce nostalgie le jour où Pierre lui enseigna la méthode *chakravala*. À cette époque, le mal secret dont il souffrait n'avait pas encore érodé sa jovialité. Il plaisantait en appelant Sandhya et sa mère ses « deux petites indiennes », en référence à la mauvaise traduction d'un terme informatique d'inspiration swiftienne (terme aussi cocasse que la « sorcière d'Agnesi » ou la « bouteille de Klein » quoique plus à propos). Lors des promenades familiales, ce grand gaillard se précipitait pour ouvrir les portes en disant « Allez, on laisse passer en premier les *bytes* de poids faible ! ». Cela faisait sourire la mère de Sandhya qui ne comprenait rien au jargon de son époux mais aimait se moquer gentiment du mauvais anglais des habitant·e·s de son pays d'adoption. À l'inverse Sandhya qui à dix ans avait été initiée par l'ingénieur à la représentation des données en mémoire, ne voyait pas ce qu'il y a avait d'amusant dans cette comparaison. D'ailleurs elle n'avait jamais vraiment saisi ce que les gens appelaient « humour ». Le badinage la laissait de marbre. Elle prenait le sarcasme au pied de la lettre. Alors qu'elle venait tout juste d'apprendre à poser des divisions, Pierre avait ironiquement demandé si elle souhaitait qu'il expliquât « comment trouver les coefficients de l'identité de Bézout à l'aide de l'algorithme d'Euclide étendu ». Sans se montrer impressionnée elle avait hoché la tête puis reproduit avec aisance le-dit algorithme. Dans la foulée, on parla de concepts élémentaires (racine carré, valeur absolue, divisibilité), monta en puissance avec l'identité de Brahmagupta et termina en feu d'artifices par la résolution de l'équation de Pell–Fermat. Avec félicité et facilité, Sandhya assimila ces connaissances. On comprit qu'elle n'était pas tout à fait une petite fille « normale ». À l'école, l'enfant à la peau mate ne se mêlait pas avec ses camarades. Pendant la récréation, elle préférait lire de la vulgarisation scientifique, observer l'activité des insectes ou méditer sur les motifs architecturaux. Quand on l'invitait à jouer Sandhya refusait sincèrement et sans méchanceté aucune. Alors, peu à peu on n'importuna plus la misanthrope...

Sandhya ne pleura pas lorsqu'elle apprit le décès de Pierre. Au fond d'elle, elle ressentait un sentiment bizarre une sorte de colère qui lui rappelait la fois où un gamin mesquin lui avait arraché des mains son livre d'astronomie et feint de le déchirer. Néanmoins, un livre peut être réparé ou racheté. Pas un beau-père. Enfin, sur ce point elle n'était pas tout à fait sûre. Ne s'était-il pas déjà substitué au géniteur de New Dehli qui avait quitté le foyer avant sa naissance ? Quant à sa mère, elle fut dévastée par la mort de son compagnon et s'enferma durant deux mois dans sa chambre toute ruisselante de larmes et de mantras. La tante de Sandhya vint à l'appartement pour soutenir sa sœur et faire régner un semblant d'ordre dans les affaires courantes. Sandhya, qui n'avait pas affiché de chagrin, crut déceler une rancœur maternelle. C'est à ce moment qu'elle commença une idylle avec un garçon du lycée. L'adolescente n'éprouvait aucune attirance particulière. Elle voulait simplement plaire à sa famille en affirmant qu'elle partageait les sentiments des personnes « normales ». Ce projet se révéla un fiasco : non seulement on lui reprocha sa légèreté en temps de deuil mais de plus le jeune homme exhiba une brusquerie désagréable au cours de cette terrible nuit que déserta le plaisir. « Y'a quelque chose qui tourne pas rond là-dedans » s'était-il écrié en tapotant sa tempe, quand Sandhya lui annonça stoïquement la séparation.

❧

Un après-midi de printemps dans le parc du campus, alors qu'elle réalisait au compas des arcs floraux, Sandhya entendit une voix derrière elle. « C'est joli, ce que tu dessines ! Comment tu fais cela ? » avait interrogé une petite brune. Sandhya lui avait alors montré la manière d'extraire trois branches d'une rosace, de tracer un pentagone régulier avant finalement de combiner ces constructions pour former une rose à quinze beaux pétales. Hormis les étudiant·e·s quémandant de l'aide, jamais on avait prêté attention au travail de Sandhya. Celle-ci entreprit alors de parler du théorème de Gauss-Wantzel mais l'inconnue l'interrompit par un « Oh toi, tu es trop cérébrale ! » en continuant de colorier consciencieusement sa fleur. Pour des raisons de symétrie, Sandhya pensa qu'il était opportun de s'intéresser à la jeune femme mais ne sut comment s'y prendre. Heureusement, cette dernière prit les devant. Elle s'appelait Chloé et étudiait à l'école des beaux-arts. Elle sortit un croquis sur lequel elle travaillait et attendit l'avis de Sandhya. Cette dernière ne fit ni compliment de politesse ni jugement personnel. Elle se contenta de relever les disproportions biologiques et les défauts de perspective. Loin de se fâcher, Chloé apprécia son honnêteté et prit note des remarques. « Toi, tu es une originale, mais tu me plais ! » avait conclu l'artiste. Ces deux-là ne se quittèrent plus.

Ce fut Chloé qui initia Sandhya aux arts. La mathématicienne s'étonnait parfois des dissonances d'une composition musicale, d'incohérences lors d'une représentation théâtrale ou d'ambiguïtés dans un recueil de poésie. Chloé tentait d'expliquer tant bien que mal les intentions de l'artiste. Si l'argumentation s'éternisait, elle s'esclaffait « Sacrée Sandhya, t'es trop cérébrale ! » et l'embrassait tendrement. Ce fut aussi Chloé qui inculqua à Sandhya ses opinions politiques. Elle lui parlait de justice sociale, d'écologie, de féminisme. Un soir, Sandhya trouva sa concubine en pleur devant la télévision. On diffusait des images en rose et bleu, des cris de singe. « Parfois j'aimerais avoir ton insouciance face aux problèmes du monde » lui avait murmuré Chloé en se blottissant auprès elle. Une autre fois, Chloé avait parlé d'avoir un bébé. Sans chercher à blesser, Sandhya avait ressorti les opinions de Chloé sur la surpopulation et l'épuisement des ressources planétaires. Cette dernière la regarda dans les yeux puis soupira avec un air mélancolique et une caresse amoureuse « Tu as raison, ma chérie, tu as raison... ».

Au cours d'une conversation nocturne, Chloé mentionna le *readymade malheureux*. Imaginant l'ouvrage mathématique se détériorant sous les assauts des intempéries et s'effaçant à jamais, Sandhya ressentit un véritable choc. Elle repensa au jour où on lui avait dérobé son livre puis à la disparition irréversible de

Pierre. Alors pour la première fois de sa vie, elle laissa couler sa peine. Un petit flot qui se mua en un véritable torrent de tristesse. Elle dit à sa compagne qu'elle l'aimait et ne voulait pas la perdre. Chloé abasourdie ne savait comment calmer ces sanglots. Elle rassura Sandhya, lui jura fidélité éternelle, le promettait sur la tête « d'Évarix le Gaulois ». Cette erreur fit passer Sandhya des larmes au rire. Alors les deux femmes partirent ensemble dans un fou rire complice. Puis les voix s'éteignirent lentement dans la câline pénombre.

❧

Sandhya décrocha son diplôme avec les félicitations du jury. « Et maintenant, qu'est-ce que tu vas faire ? » demanda Chloé en sortant de l'amphithéâtre. Sandhya tendit un curieux manuscrit, plein de schémas, de partitions, de vers et de prose. L'Asperger exprimait ses convictions et impressions dans une verve satirique ou lyrique. En tout cas par une forme artistique très personnelle. « Oh ma Sandhya, comme je suis contente » s'exclama Chloé en lui glissant un baiser langoureux.

QR[11]

11 Trois entiers de plus de cinq-cent chiffres sont contenus dans ces codes-barres matriciels. Montrer qu'on obtient un multiple de 229 en soustrayant le premier au produit des deux autres.

Cor d'harmonie[12]

À Emmy Noether.

12 On considère les durées construites par des liaisons sans doublon de notes prises parmi les rondes, blanches, noires, croches et double-croches. Deviner les règles de fusions mélodique et harmonique.

Sensibles

La porte est close encore une heure
Elle est allée l'accompagner
Mais je languis dans mon panier
Miaulant ma complainte en mineur
Miao Mia-ou Miaaaa

Soudain les mélodies se taisent
Attendre à l'affût qu'on s'en aille
Et quand la sortie s'entrebâille
Se faufiler vite à anglaise
Allez Cha-lut !

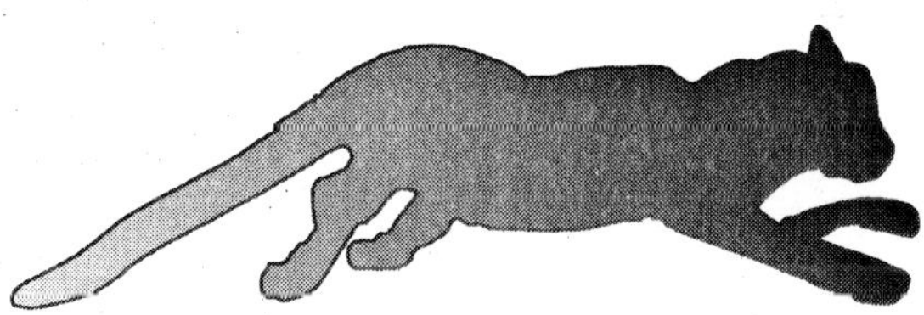

Viles

Dans la ville du futur, les transports sont tous automatisés, verts, rapides et sûrs. Les accidents ne font plus la une des journaux télévisés.

Dans la ville du futur, criminalité et jacquerie ont été éradiquées. À chaque citoyen·nn·e, la loi municipale garantit confort matériel et sécurité individuelle.

Dans la ville du futur, tout est beau, propre et neuf. Les robots s'occupent en continue du nettoyage, de l'entretien de la voirie et du recyclage des déchets.

Dans la ville du futur, on circule librement, sans clef ni portefeuilles. Tout est géré par reconnaissance faciale et intelligence artificielle.

Mais dans la ville du futur, il ne faut pas demander où sont passé·e·s prostitué·e·s, kleptomanes, guenillard·e·s, bicraves, camé·e·s, infirmes et décrépit·e·s. Ni ce qui se trame derrière la porte de bronze gravée du dragon Shenlong, aux lacrymales surébullitions.

Méandres

Vous êtes perdu·e au milieu d'un labyrinthe composé de pièces carrées reliées entre elles par des portes. Allez en 1 pour tenter de vous en échapper. **1** Allez en 7 pour emprunter la porte de devant. En 41 pour celle de derrière. En 69 pour celle de gauche. **2** Allez en 47 pour emprunter la porte de derrière. En 75 pour celle de gauche. **3** Allez en 42 pour emprunter la porte de derrière. En 70 pour celle de droite. **4** Allez en 18 pour emprunter la porte de derrière. En 32 pour celle de devant. **5** Allez en 44 pour emprunter la porte de derrière. En 72 pour celle de devant. **6** Allez en 45 pour emprunter la porte de derrière. En 73 pour celle de gauche. **7** Allez en 21 pour emprunter la porte de derrière. En 49 pour celle de droite. **8** Allez en 47 pour emprunter la porte de droite. En 75 pour celle de derrière. **9** Allez en 62 pour emprunter la porte de gauche. En 76 pour celle de droite. En 51 pour celle de derrière. **10** Allez en 24 pour emprunter la porte de derrière. En 38 pour celle de droite. **11** Allez en 25 pour emprunter la porte de derrière. En 53 pour celle de devant. **12** Allez en 65 pour emprunter la porte de devant. En 79 pour celle de derrière. **13** Allez en 74 pour emprunter la porte de droite. En 80 pour celle de derrière. **14** Allez en 28 pour emprunter la porte de derrière. En 55 pour celle de gauche. **15** Allez en 82 pour emprunter la porte de gauche. En 29 pour celle de derrière. **16** Allez en 2 pour emprunter la porte de devant. En 33 pour celle de derrière. **17** Allez en 31 pour emprunter la porte de derrière. En 59 pour celle de droite. **18** Allez en 71 pour emprunter la porte de devant. En 4 pour celle de derrière. **19** Allez en 30 pour emprunter la porte de derrière. En 5 pour celle de devant. **20** Allez en 62 pour emprunter la porte de derrière. En 76 pour celle de devant. En 51 pour celle de droite. **21** Allez en 7 pour emprunter la porte de derrière. En 41 pour celle de devant. En 69 pour celle de droite. **22** Allez en 61 pour emprunter la porte de derrière. En 8 pour celle de droite. **23** Allez en 9 pour emprunter la porte de devant. En 37 pour celle de derrière. **24** Allez en 77 pour emprunter la porte de devant. En 10 pour celle de derrière. **25** Allez en 50 pour emprunter la porte de gauche. En 78 pour celle de devant. En 11 pour celle de derrière. **26** Allez en 68 pour emprunter la porte de derrière. En 15 pour celle de gauche. **27** Allez en 66 pour emprunter la porte de derrière. En 13 pour celle de devant. **28** Allez en 81 pour emprunter la porte de devant. En 14 pour celle de derrière. **29** Allez en 68 pour emprunter la porte de droite. En 15 pour celle de derrière. **30** Allez en 16 pour emprunter la porte de devant. En 19 pour celle de derrière. En 64 pour celle de gauche. **31** Allez en 83 pour emprunter la porte de devant. En 17 pour celle de derrière. **32** Allez en 46 pour emprunter la porte de derrière. En 60 pour celle de devant. **33** Allez en 16 pour emprunter la porte de derrière. En 19 pour celle de devant. En 64 pour celle de droite. **34** Allez en 20 pour emprunter la porte de gauche. En 48 pour celle de derrière. **35** Allez en 77 pour emprunter la porte de derrière. En 10 pour celle de devant. **36** Allez en 50 pour emprunter la porte de derrière. En 78 pour celle de gauche. En 11 pour celle de droite. **37** Allez en 3 pour emprunter la porte de droite. En 23 pour celle de derrière. **38** Allez en 1 pour emprunter la porte de droite. En 52 pour celle de derrière. En 27 pour celle de devant. **39** Allez en 81 pour emprunter la porte de derrière. En 14 pour celle de devant. **40** Allez en 26 pour emprunter la porte de droite. En 54 pour celle de derrière. **41** Allez en 1 pour emprunter la porte de derrière. En 52 pour celle de gauche. En 27 pour celle de droite. **42** Allez en 3 pour emprunter la porte de derrière. En 23 pour celle de gauche. **43** Allez en 82 pour emprunter la porte de derrière. En 29 pour celle de droite. **44** Allez en 30 pour emprunter la porte de devant. En 5 pour celle de derrière. **45** Allez en 6 pour emprunter la porte de derrière. En 34 pour celle de gauche. **46** Allez en 18 pour emprunter la porte de devant. En 32 pour celle de derrière. **47** Allez en 2 pour emprunter la porte de derrière. En 33 pour celle de devant. **48** Allez en 6 pour emprunter la porte de droite. En 34 pour celle de derrière. **49** Allez en 35 pour emprunter la porte de droite. En 63 pour celle de derrière. **50** Allez en 22 pour emprunter la porte de devant. En 36 pour celle de derrière. **51** Allez en 9 pour emprunter la porte de derrière. En 37 pour celle de devant. **52** Allez en 24 pour emprunter la porte de gauche. En 38 pour celle de derrière. **53** Allez en 39 pour emprunter la porte de gauche. En 67 pour celle de derrière. **54** Allez en 12 pour emprunter la porte de gauche. En 40 pour celle de derrière. **55** Allez en 7 pour emprunter la porte de gauche. En 41 pour celle de droite. En 69 pour celle de derrière. **56** Allez en 42 pour emprunter la porte de gauche. En 70 pour celle de derrière. **57** Allez en 71 pour emprunter la porte de derrière. En 4 pour celle de devant. **58** Allez en 44 pour emprunter la porte de devant. En 72 pour celle de derrière. **59** Allez en 45 pour emprunter la porte de droite. En 73 pour celle de derrière. **60** Allez en 74 pour emprunter la porte de derrière. En 80 pour celle de gauche. **61** Allez en 22 pour emprunter la porte de derrière. En 36 pour celle de devant. **62** Allez en 20 pour emprunter la porte de derrière. En 48 pour celle de droite. **63** Allez en 21 pour emprunter la porte de gauche. En 49 pour celle de derrière. **64** Allez en 50 pour emprunter la porte de droite. En 78 pour celle de derrière. En 11 pour celle de devant. **65** Allez en 62 pour emprunter la porte de devant. En 76 pour celle de derrière. En 51 pour celle de gauche. **66** Allez en 1 pour emprunter la porte de gauche. En 52 pour celle de devant. En 27 pour celle de derrière. **67** Allez en 25 pour emprunter la porte de devant. En 53 pour celle de derrière. **68** Allez en 26 pour emprunter la porte de derrière. En 54 pour celle de gauche. **69** Allez en 28 pour emprunter la porte de droite. En 55 pour celle de derrière. **70** C'est un cul-de-sac ! Allez en 56 pour emprunter la porte de derrière. **71** Allez en 43 pour emprunter la porte de devant. En 57 pour celle de derrière. **72** C'est un cul-de-sac ! Allez en 58 pour emprunter la porte de derrière. **73** Allez en 31 pour emprunter la porte de gauche. En 59 pour celle de derrière. **74** Allez en 46 pour emprunter la porte de devant. En 60 pour celle de derrière. **75** Allez en 61 pour emprunter la porte de gauche. En 8 pour celle de derrière. **76** Allez en 65 pour emprunter la porte de derrière. En 79 pour celle de devant. **77** Allez en 35 pour emprunter la porte de derrière. En 63 pour celle de gauche. **78** Allez en 16 pour emprunter la porte de gauche. En 19 pour celle de droite. En 64 pour celle de derrière. **79** Allez en 12 pour emprunter la porte de derrière. En 40 pour celle de droite. **80** Allez en 66 pour emprunter la porte de devant. En 13 pour celle de derrière. **81** Allez en 39 pour emprunter la porte de derrière. En 67 pour celle de droite. **82** Allez en 43 pour emprunter la porte de derrière. En 57 pour celle de devant. **83** Félicitations, vous êtes sorti·e du labyrinthe !

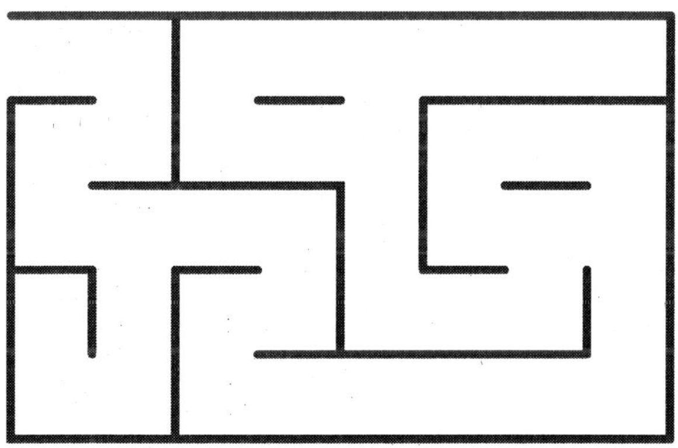

FRACTALE[13]

Considérons donc la croissance d'une plante
Devant être régie par la règle suivante.
Chacune des tiges va se développer
En vingt-quatre tiges de trois-quart diminuées.
Quatre de ces tiges vont dans un sens pousser
Fournissant bout à bout la longueur escomptée.
De plus s'embrancheront orthogonalement
Quatre autres brindilles sortant du nœud médian,
Chacune d'entre elles à leur tour prolongée
En rameau de quatre branches orthogonales.
Tout se répète pour former une fractale :
Quelle est sa dimension au centième approchée ?

---

13 Pour construire ce callidiagramme tridimensionnel, placer dans l'ordre les alexandrins sur les douze segments décrits ci-après de façon à ce que les césures coïncident avec les milieux. En paramétrant par λ allant de -1 à 1, les segments sont respectivement donnés par les ensembles de points $\{(0,0,-1+\lambda)\}$; $\{(0,0,1+\lambda)\}$; $\{(\lambda,0,0)\}$; $\{(0,\lambda,0)\}$; $\{(1,\lambda,0)\}$; $\{(1,0,\lambda)\}$; $\{(\lambda,1,0)\}$; $\{(0,1,\lambda)\}$; $\{(-1,\lambda,0)\}$; $\{(-1,0,\lambda)\}$; $\{(\lambda,-1,0)\}$ et $\{(0,-1,\lambda)\}$.

Tumulte

« ...Kafkaïen cortège tracté par des énergies électrothermiques à l'assaut des promeneurs du dédale Foule fourvoyée par des chausse-trappes canines disséminées autour de chantiers champignonnesques Artificiels autoportraits vaniteux immédiatement sur les réseaux virtuels Vrombissements de véloces muni·e·s de quelques neurones escamotés sous une visière Querelles urbaines entremêlées de bavardages téléphoniques Lascives invitations pigalloises suivies d'aigrefines menottes montmartroises Galerie souterraine mécanique remplie d'amas de chair agitée Brumisateur irrespirable d'azote d'ozone ou de particules fines Wagons combles de malheur arrêtés par des déflagrations de portes Réseau d'exploitation de pauvres larron·ne·s sans-papiers Manifestant·e·s réfléchissant·e·s face à une répression irréfléchie Hâtive bipédie au moyen d'athlétiques échasses Concert pyrotechnique de sirènes en transe sous les lumières de gyrophares Xénophobe interpellation couverte d'une nauséabonde bave urticante Signalisation des sites touristiques par l'intrusive faction des militaires à FAMAS Noctiliens circulaires submergés de ronflements d'éthanol Interminable attente au milieu de longues chenilles indiennes Détonation continue d'avertisseurs sonores assaisonnée d'un tombereau d'insultes Yeux pervers de mâles aux ruts pathologiques Tsunami de client·e·s lobotomisé·e·s par la publicité de produits sans intérêt Omniprésences de polyglottes égaré·e·s de mendiant·e·s méprisé·e·s de contrefaçons colportées de cardiométries haletantes Jeunes en bande vagabonde caractérisé·e·s par des zygomatiques en branle Énorme pavé métallique armé de rétroviseurs quasi contondants Zigzags des maniaques de la roulette et des nids d'autruches Uberisé·e·s en auto prenant des jetlagué·e·s ingénu·e·s Pestilentiel cocktail urine plus cannabis Kit main libre mais bras chargés de cyclistes précaires Flâneuses du labyrinthe assiégées par un défilé ubuesque propulsé par des forces bio-chimiques… »

Contre-Révolution

Fructidor.

Alors qu'approche l'an CCXXX, les fruits de nos révolutions pleurent un goût amer. Que signifient ces ahans et ces luttes pour ne récolter que le perpétuel fouet des désenchantements ? Combien de sans-cullotides endeuillées faudra-t-il pour les commémorer ?

Oui, nous avions promis d'en finir avec la bigoterie établie ! Voilà qu'au sommet de l'acropole parisienne, le symbole de notre défaite trône avec provocation. Le titanesque autel mondialisé écrase lourdement des sépultures émaillées de l'hémoglobine populaire. Arborant les oreilles arrachées d'un Hollandais migrant, des apprenti·e·s déséquilibré·e·s s'inspirent de ce paysage de désolation pour peindre et exposer leurs croûtes terroristes en chaque lieu de la cité. Comment réparer ces mutilations de la raison ? Que proposent nos chirurgien·ne·s, mis à part le mirage des missiles ?

Ironiquement, les fanatiques – dont les idées s'accordent à quatre-vingt-dix-neuf pour cent – ne souffrent nulle pénurie d'epsilon pour s'écharper. Les incendies de leurs clochemerles lapidaires souillent l'atmosphère par de noires vapeurs aux considérations textiles ou nutritionnelles. Une facho-activité croissante fait frémir nos compteurs Geiger… Vite, une norme environnementale pour limiter les bondieuseries d'amiante et les déchets extrémistes !

Malheureusement tous ces problèmes ne suffisent pas. Il faut de plus que de nouvelles croyances apparaissent pour renverser le règne d'*Edward the propagandist*. Au mensonge des élites répond le complotisme de la populace. Certes, ces théories virales ne tournent pas rond mais nul vaccin n'en vient à bout, malgré les recherches effrénées des écuries pharmaceutiques. Hélas ! Au panthéon de nos cerveaux, les collabos de l'immondice entrent plus facilement qu'un Moulin. À travers la fibre négationniste, l'obscurité se propage plus vite que nos Lumières ! Triste réalité.

Attention, le glas des « relations publiques » n'a pas encore sonné pour autant. Ah ça ! Pour corrompre, les lobbies y vont franco ! Que peuvent les *guerriller@s* de l'ouest face aux bombardements de lois parlementaires ? En deux siècles, le jeu de paume est devenu sport de racket : champion·ne·s d'Europe malgré les contrôles anti-dumping ! Tandis que les monarques du portefeuille achètent opinions et conflits d'intérêts, les torches de notre devise partent en fumée de cigarettes. Ahuri·e·s camarades, abreuvez-vous en vendémiaire prochain d'une liqueur au glyphosate !

Pas de panique, finie l'anarchie ! Si la sécurité manque d'organes sensoriels ou cognitifs, la technologie fera don d'intelligence artificielle... Mais la modernité ne saurait être l'apanage de l'État. On sert aux gaffamé·e·s une gracieuse malbouffe de l'intellect sponsorisée par des annonces « ciblées ». Quel subterfuge pour dérober nos richesses intimes et les commercialiser ! À quand les patchs transhumanistes ? C'est l'ère de la toxicomanie électronique et connectée. Bienvenue au IIIe siècle et en marche !

Note des auteur·e·s

Les clichés des « Gaulois » auxquels Astérix a contribué sont de nos jours tellement imprégnés dans l'imaginaire collectif français que certain·e·s prennent au pied de la lettre cette satire pour en faire un argumentaire politique… Surtout ne leur dites pas que René Goscinny était un fils d'immigré·e·s ashkénazes ni qu'il a grandi en Argentine ! Pourtant le point de vue d'autres cultures et les voix de l'étranger sont souvent instructifs. Arrêtons-nous sur les épigraphes…

Tout d'abord, nous prenons pour établi que notre pays est celui des « droits de l'Homme », de la devise « Liberté, Égalité, Fraternité », des soulèvements populaires… Alors que Pierre Kropotkine goûte le plaisir de revenir à Paris, Emma Goldman toujours lucide sur la réalité sociale se moque gentiment de sa cécité intellectuelle. Ainsi se brise notre hideux tas de ferraille, symbole du rayonnement (ionisant ?) de la France… Ironie de l'histoire, après quelques divagations rorschachiennes, on s'aperçoit que l'antenne se rebelle grossièrement. Et si l'espoir était toujours de mise ?

Ensuite, un lieu commun pour caractériser notre identité française est la sacro-sainte langue de Molière – omettant au passage les autres pays francophones... Nos élites sont littéraires ou se targuent de l'être, certain·e·s français·e·s faisant même de leur inculture scientifique une fierté et des croyances obscurantistes un art de vivre. Or, voilà Daniel Barenboim qui nous explique avec assurance que les français·e·s se caractérisent par un esprit à la fois humain et cartésien. Ne serait-il pas judicieux de le retrouver pour aller au-delà des beaux discours et ne pas laisser aux savant·e·s déséthiqueté·e·s le soin de résoudre les grands enjeux sociaux et écologiques qui se présentent à nous ?

En accord avec ces thématiques, le titre du recueil évoque révolution ou contre-révolution, science et universalisme, réchauffement climatique... Quant aux « entropiques » du recueil – la plupart régidé·e·s à quatre mains à Paris de nivôse 228 à fructidor 229 –

elles renvoient au terme quantifiant désordre physique, biodiversité d'un écosystème ou information d'un message. Le calembour de l'épithète et l'ambiguïté du nom auquel elle se rattache illustrent le ou les sens souvent cachés à l'intérieur de ces entropiques.

Pour rendre l'œuvre accessible au plus grand nombre tout en limitant l'empreinte écologique que présente l'impression du livre papier, des versions HTML (page web) et EPUB (livre numérique) sont disponibles sur le site internet. Ces versions permettent d'adapter la lecture aux personnes en situation de handicap, grâce notamment à l'adjonction de descriptions picturales et de formats alternatifs.

Ce recueil n'a ni prétention artistique – issu·e·s de familles modestes, les auteur·e·s ne disposent d'aucune formation ou spécialisation dans les Arts – ni visée commerciale – formats numériques gratuits, prix du livre papier proche du minimum fixé par les prestataires. En revanche il est attendu que certain·e·s l'apprécient, le partagent, l'améliorent ou s'en inspirent.

Ainsi, une licence *Creative Commons* est utilisée pour le libérer des droits de propriété intellectuelle. De même, le code source des programmes nécessaires à sa production est mis à disposition sous licence libre. Vous pouvez le « pirater » et le diffuser sans crainte, vous y êtes même invité·e·s ! Notez l'inclusion de contenu dans le domaine public, notamment le poème *Chantre* – dont l'entrée aux biens communs a regrettablement été retardée à cause de la guerre.

Nous tenons à remercier celles et ceux sans qui cette œuvre n'aurait jamais été possible. Nos proches, qui se retrouveront dans quelques passages ; l'équipe de Bookelis et la communauté du logiciel libre, qui ont fourni tout ce dont nous avons eu besoin pour ce projet ; et enfin les bénévoles ou salarié·e·s, artistes ou scientifiques développant et transmettant sans relâche la culture et le savoir.

Paris, fructidor an CCXXIX,

Corinne Diakhoumpa et Erwan Iev-Le Tac.

Récipiendaires

Ada Lovelace (24-61) : mathématicienne, « informaticienne ».

Audrey Dussutour (186-) : éthologue.

Barbara McClintock (110-200) : cytogénéticienne.

Emmy Noether (90-143) : mathématicienne.

Eugénie Brazier (103-185) : cheffe cuisinière.

Hypatie (du XVe au XIVe siècle avant notre ère) : philosophe, astronome et mathématicienne.

Hélène Grimaud (178-) : pianiste, fondatrice du Wolf Conservation Center.

Irène Frachon (171-) : pneumologue.

Jacqueline Chabbi (~151-) : historienne.

Joséphine Baker (114-183) : artiste de music-hall, membre de la Résistante, militante des droits civiques.

Les filles de Corinne (IIIe siècle-) : étudiantes.

Les parents d'Erwan (IIe siècle-) : prolétaires.

Lise Meitner (87-177) : physicienne.

Louise Michel (38-113) : institutrice et militante anarchiste.

Marie Skłodowska-Curie (76-142) : physicienne et chimiste.

Maryam Mirzakhani (225-185 مریم میرزاخانی,) : mathématicienne.

Marylène Patou-Mathis (163-) : préhistorienne.

Saadia Bentaïeb (IIe siècle-) : comédienne.

Sophie Germain (de –16 à 39) : mathématicienne, physicienne et philosophe.

Wu Zetian (武则天, de –1168 à –1086) : impératrice régnante de Chine.

Table des matières

Ce livre a été imprimé en France

Dépôt légal : octobre 2021